我在流光里等你

胡纯 著

江苏凤凰文艺出版社
JIANGSU PHOENIX LITERATURE AND
ART PUBLISHING,LTD

图书在版编目（CIP）数据

我在流光里等你 / 胡纯著. —南京：江苏凤凰文艺出版社，2019.5
ISBN 978-7-5594-3173-8

Ⅰ.①我… Ⅱ.①胡… Ⅲ.①长篇小说－中国－当代 Ⅳ.①I247.5

中国版本图书馆 CIP 数据核字(2019)第 008051 号

我在流光里等你

胡　纯　著

责任编辑	袁　媛　万馥蕾
装帧设计	王晨玥
责任印制	刘　巍
出版发行	江苏凤凰文艺出版社
	南京市中央路 165 号，邮编：210009
网　　址	http://www.jswenyi.com
印　　刷	江苏扬中印刷有限公司
开　　本	880×1230 毫米　1/32
印　　张	7.75
字　　数	161 千字
版　　次	2019 年 5 月第 1 版　2019 年 5 月第 1 次印刷
书　　号	ISBN 978-7-5594-3173-8
定　　价	36.00 元

江苏凤凰文艺版图书凡印刷、装订错误可随时向承印厂调换

目 录

第一章　初　见——001
第二章　再　遇——021
第三章　接　近——041
第四章　幸　福——059
第五章　守　夜——079
第六章　一双人——097
第七章　同　行——109
第八章　社团巡礼——123
第九章　除　夕——139
第十章　执子之手——155
第十一章　拌　嘴——171
第十二章　端　午——185
第十三章　误　会——203
第十四章　意　外——217
第十五章　重　逢——233

第一章 初见

第一章 初见

2006 年 8 月 16 日，南京。

阳光如火，晒得地砖滚烫。不远处的玄武湖波光粼粼，蒸腾起无数白烟。在阴凉的地方，几所大学学生会的人已经摆好摊位，准备迎接从各地赶过来的新生。

明天才是几所大学报到的正日子。新生来的不是很多。慕林白清闲地坐在椅子上，看着《重症医学主治医生手册》。

庾笃凑过去，一把抽走书："小慕，你能不能放下书啊！拉你过来，是看美女的！"

慕林白丢给他一个不屑的眼神："看我们宁大的美女，还不如看书呢！"

在狼多肉少的宁大里，略微平头正脸的女生，就被奉为女神了！可想而知，女生整体的质量如何。对能看到美女这事，慕林白完全不抱希望。

不过呢，接新生的时候，认识几个学弟也是好的。

庾笃换了个话题："那边几个女孩子都在看你呢！要不去隔壁大学发展发展？小慕，我们寝室，可就你一个还是——"

没等他说完，慕林白从他的手里抢过书，重重地拍了拍封皮："鱼肚皮，你皮痒了是不是？"

庾笃也不生气，抱着头，笑着说："我也就是实话实说。小慕啊，你总不能到毕业都不解决初恋问题嘛！别太挑啊！女人就那么回事！你看我，妹子成群！我们宁大向来是帅哥配恐龙。女孩子年纪比你大点，更会疼人啊！俗话说，女大三，抱金砖！"

庾笃换女朋友的速度跟翻书似的，在学校里特别拉仇恨。因为好多男同学的现任女朋友都是他的前女友。

慕林白没好气地看他一眼："我宁可单着！"

他跟庾笃是舍友，庾笃那点破事，他可是知道得一清二楚。现在他认识的单身女孩子哪个没跟庾笃谈过。兔子还不吃窝边草呢！不是没有女孩子明里暗里向他示好，但凡是跟庾笃有瓜葛的，他一个也不想搭理！

再说了，没有初恋这事儿真不能怪他。对于一个十六岁就考上大学的人来说，同年级的女生可都是比他大两三岁的姐姐！最要命的是，就是这几年入校的女孩子也是比他大的！

作为一个宅男，慕林白几乎常年泡在图书馆里，实际上也认识不了多少人。除了书就是考试的大学生活，跟他的中学时代有什么区别啊！哦，区别还是有的，就是他在学习的同时，得看着寝室其他三位同学和他们的女友花式秀恩爱。

没有恋爱的大学生活就好比清水煮白菜，总觉得少了点味儿，让他提不起劲来。

庾笃半天没有说话，揉了揉眼睛："一定不是我们宁大的！"同来的几个男同学盯着那边看。

慕林白顺着他们的目光看过去，脑子顿时就短路了。一个穿着白色长裙的少女，背着双肩包，拉着行李箱，站在离他们二十米的地方，在四处张望。她美极了，黑发披肩跟瀑布一样，肌肤白皙，尤其是笑起来，特别漂亮！

庾笃嘿嘿地笑着："不虚此行啊！"他清了清嗓子，推搡了慕林白一下，"小慕，人家小姑娘行李那么重，咱们快去帮忙！"

慕林白手抖了一下，随手把书丢到一边，不由自主地迈开腿狂奔过去。

庾笃踩了好几脚，慕林白跑得忒快了，也不等等他！他和其他几名同学也赶紧往那边跑，连摊子都顾不上了。

李小康侧过脸，就看到一个高高的少年向自己奔来。

风从玄武湖那边吹过来，带走盛夏些许的燥热。唇红齿白的少年，穿着印着宁大校徽的白色T恤衫，眼里含光，嘴角高高扬起，笑得温柔又灿烂。

突然有很多形容词在她的脑子里闪过，李小康只觉得少年的眼睛亮极了，胜过了满天的星光。

少年在离她不到一米远的地方站定了，有些腼腆："你好，我，我叫慕林白，哦，宁大来接新生的。我来帮你拿行李吧！"他挠了挠脑袋，很紧张，话都说得磕磕绊绊的。他很不自然地再往前走了两步，接过她手里的行李箱，再往前走了几步，才想起来李小康背的书包挺大的。他侧过脸，"你书包，也给我背吧！"

李小康笑起来，眉眼弯弯的："慕学长，谢谢你！书包我自己来！"

走了一小段路，慕林白才想起来自己还没问她姓名："你是哪个学院的？叫什么呀？"

她说："我叫李小康，宁大医学院的新生。慕学长是哪个学院的呀？"

靠近了，慕林白似乎闻到了李小康身上淡淡的香气。他眼睛极亮，笑得有点傻："这么巧啊！我也是医学院的。我送你去学校吧！"

庾笃几个赶到了，顿时兴奋了。

天哪，漂亮的妹子居然是他们宁大的！

庾笃也是医学院的，更是高兴。他插嘴："学校没有安排去医学院的班车，我陪你过去吧。"医学院的校区离玄武湖太近了，坐地铁再走一段，也就半个小时，所以学校只是这几天安排了医学院每日两个学生来火车站引导，没有安排接送的校车。

慕林白犹豫了一瞬间，非常紧张地摸着头说："庾哥，还是我送吧！你得在这里负责啊！"

比起嬉皮笑脸的庾笃，自然还是看起来老实点的慕林白更让人有好感。李小康笑着说："那就麻烦慕学长了。"

慕林白害羞的笑容里有点小嘚瑟。

庾笃"嘿嘿"地笑着说："我叫庾笃。"他飞快地报了手机号，从口袋里摸出一张专给医学院新生的小卡片，递了过去，

"遇到什么事，尽管来找我啊！"

李小康双手接过，笑着说："谢谢庚学长！"

慕林白舔了舔嘴唇："我们先走吧，地铁口在那边。"

上一班地铁刚走，站台上人很少，冷气又足，比外头凉快很多。慕林白却觉得更口干舌燥了。他领着李小康往站台顶头上走："这一站是大站，人特别多。两头会空一点。"

李小康没坐过地铁，不免有些新奇。她认真地看着墙上地铁行车示意图上的路线："我们坐到哪一站下？"

慕林白说："下一站。李学妹，你爸妈怎么没有陪你过来啊？"新生报到，一般都有家里人陪着。

李小康心里是满满的失落："爸爸工作忙没有时间。奶奶身体不好也不能来，不过不要紧啦！反正我都十八岁了，可以自己来！慕学长，你看起来跟我差不多大，你是不是大二的啊？"

慕林白笑了："我都大四了！"

"大四？"李小康怀疑自己听错了，侧过脸，仔仔细细地看了看慕林白，"慕学长，你真的是大四了？"

慕林白笑着说："是啊！我读书读得早。今年十九岁。"

李小康对他的崇拜之情油然而生："慕学长，你就是传说中的天才少年啊！"

她以为自己能考上宁大就很厉害了，没想到一到这里，就遇上了一个更厉害的人！

慕林白舔了舔嘴唇，有点羞涩："没有啦！我也就是读书认真了一点。我爸爸妈妈很忙,哥哥又比我大很多。我一个人很无聊,就只好看书。家里医书最多了。我看着看着,就看进去了!"

李小康不由得奇怪:"你还有个哥哥,是亲哥哥吗?"不是再婚重组家庭,居然也有两个小孩!

慕林白"嗯"了一声:"是亲哥哥!比我大十多岁呢!"

李小康点点头:"一个人是挺无聊的。从小我爸爸就很忙。我跟着爷爷奶奶过。我也老是一个人在家里待着。不过,我家里文学书最多了。因为我爷爷是教语文的。"她说到这里,轻轻地叹口气,不想往下说了,就换了个话题,"你们一定是医学世家。要不,怎么会有那么多医书呢?"

慕林白笑了笑:"我家医书很多很多的。书房里,有十七八个书架上摆的都是医学类的书籍。好多都很厚,跟砖头差不多。"

就几分钟,站台上人多了起来。一阵风来,慕林白说:"车快要到了!"

这阵风撩起了李小康的长发,有几缕轻轻地划过慕林白的脸,有些轻微的痒。慕林白愣了片刻,然后就听到自己怦怦怦的心跳声。

下午四点半,慕林白领着李小康办好了所有的入学手续,又替她收拾好了寝室。宁大一个寝室里住四个人,李小康是第一个到的,其他三个人还没有来。她没见到舍友,就对慕林白说:"慕学长,我请你吃饭吧!"

第一章 初见

多亏有慕林白在,她才少走了很多弯路。

慕林白忙了一个下午,一点都不觉得累,精神更足了,笑着说:"现在吃饭有点早,我先带你在学校里走一走吧!"这顿晚饭,他想请。

李小康笑容清甜,"嗯"了一声。

慕林白便和她下了楼,穿过宿舍区。在校园里四处走走。校园的中央大道两边种着梧桐树,树很粗很高,阔大的叶子青翠欲滴,层层叠叠的,遮住了大部分的阳光,只在地上留下斑驳的光影。忽有清风袭来,卷得叶子哗哗地响,如细碎的波浪声在回旋。

校园很老,两边都是民国时期的建筑。古朴的灰墙,不高的教学楼,默默地诉说着百年老校深厚的底蕴。

宁静的学校里,学生们捧着书,两三个一起,慢慢地走着。有自行车骑过,有时会留下一串清脆的铃声。

李小康初来乍到的陌生感一下子消失了,心情也很宁和。

初初相逢,恍如故人。

在离她半米远的地方,慕林白在轻言轻语地介绍着,声音柔得像三月的春风,九月的薄雾,慢慢地绕在了李小康的心里。

李小康侧过脸去看他。慕林白的侧影很好看,就像偶像剧里的男主,又帅又温柔。偶尔有阳光漏了一两点在慕林白的脸上,很快,这光点就消失了,一下子明,一下子暗,晃得她有点恍惚。她觉得南京的天真的好热,热得她的脸都烫起来了。

慕林白停下了脚步:"这是图书馆。门口那块石头上刻的就是我们的校训,'在明明德,止于至善'。这句话出自《礼记》,意思是要追求真善美,达到最完美的境界。我们医学院的学生,将来是要做医生的,面对的是处在疾病苦痛中的人。我们要有悲悯之心,精益求精地追求医术,竭尽所能去救治我们遇到的每一名患者。"

李小康抬头看着教学楼上的图书馆那块匾额。字已经很旧了,但每一个字都写得苍劲有力。她说:"慕学长,你就是为了这个才学医的吧!"

慕林白点头:"就是喜欢才学嘛!"慕氏医药集团有他哥哥慕林青继承。慕林白是次子,要自由一些,可以选择自己喜欢的专业。他轻轻地问:"小康,你为什么学医啊?"他悄悄地把对李小康的称呼,从生疏的李学妹,换成了很亲密的小康。

李小康沉浸在自己的心事里,没有在意到这一点。她低下头,轻轻地咬了咬嘴唇,然后抬起头,口气里有几分惆怅:"我就是想救我想救的人,而不是眼睁睁看着……"

慕林白听明白了,李小康是因为看着亲人离去,却束手无策才学医的。他说:"你一定和你那位亲人感情很深吧!"

李小康水汪汪的眼睛里像蒙上了一层雾霭:"我是爷爷奶奶养大的。爸爸很少去看我。可是爷爷……子欲养而亲不待。所以,我一定要好好学医,绝不能让这样的事情再发生。"

慕林白肯定地说:"一定不会再发生的!"顿了顿,他继续介绍,"图书馆有门禁,刷校园卡进去。一次可以借十本书。我们几个校区都有图书馆,书是可以互相借的。有个电子预约借书的平台。账号就是你的校园卡上那个号,初始密码是六个

第一章 初见

六。你可以自己修改。我们这个校区的图书馆里,医药学类的书特别多。你可以借来慢慢看。我们进去看一下吧!"

李小康说:"好啊!"

慕林白走在前面,他示范了刷卡的方法,声音放得更轻了:"我平常都在这里看书。一待一天。"

一心学习的好处就是,几年来,慕林白蝉联了年级专业成绩的第一名。不过,他的综合成绩就没那么好了。毕竟,他不是学校里的活跃分子。

慕林白听家里的,行事做人非常低调,一点都不像有钱人家的孩子。

走进图书馆,李小康的眼睛就亮了。她不由得屏气凝神,跟着慕林白走进一个个阅览室,然后慢慢地走过一排排书架,感觉自己掉进了知识的汪洋大海里。她说:"书真多。我什么时候才能看完啊!"

慕林白笑笑,微微抬起头:"我一天到晚泡图书馆,也才看了其中很少的一部分。就像学医一样,也许我们穷尽一生,都无法学完所有的医学知识。但是我们可以尽自己最大的努力,去学得更多更深,这样才能救更多的人。"

李小康浅浅地笑着:"慕学长,你在我心中的形象瞬间高大起来。"

慕林白反问:"原来不高大吗?"

李小康低头微笑。第一眼见到慕林白,只是觉得他长得好,但人有点傻气。相处了一个下午后,她才发觉慕林白是个真心想要去救死扶伤的学霸。她说:"慕学长的成绩一定很好啊！"

　　能在大学里坐下来安安静静看书的人，成绩都不会太差。

　　慕林白谦虚地笑笑："还可以吧！哦，图书馆四楼是微机室。你可以在那里上网。用的也是校园卡。校园卡非常重要。现在水房打水、澡堂洗澡、学校教育超市买东西、食堂吃饭、在图书馆上网，还有你们明天晚上开始进寝室楼，都是要刷卡的，一定要好好保管。"

　　丢了校园卡，那可就麻烦了。

　　李小康点点头。

　　快五点了，图书馆里的人却不少。很多人在低头自习。慕林白笑着说："开学的时候还好点。快期末时，图书馆简直是人满为患。还有人带着小马扎来看书。"

　　宁大的学风一向不错。毕竟能考到这里来的，都是全国各地在本校排名在前面的学生。大部分人还是想在学校里多学一点知识的。

　　看到这一幕，李小康是很震撼的："我高中老师还说，进了大学就轻松了！"

　　慕林白摊手，笑了："恭喜你，被骗了！在大学，学习成绩还是很重要的。要考研要出国深造就不用说了，绩点越高越好，而且有的学校还要求一些科目最低不能少于多少分。找工作的时候，很多单位要看成绩单的。而且大学的成绩单要进你个人档案，会跟你一辈子！除了学校开的课，我们还得考各种各样的证。别的证看你自己意愿了。但英语四级六级，计算机一级二级，是肯定要考的。我们工作一年以后，还要考医师资格证。考上了医师资格证,还要考主治医师,主治医师上面还有副主任医师、主任医师。我听学长说,医院里还动不动就要考试,有的医院还有月考。就算不考试,也得看书。患者生病又不会有重点,什么情况都可能遇到。选了医生这一行,你就准备学一辈子,考一辈子吧!"

李小康被狠狠地震惊了一把。她原先以为大学会很自在,这样看起来,也挺累的啊!

当医生累,她也没想到,原先看电视,里面的医生一个个都是白衣整洁,很轻松地治好了患者的病!

慕林白继续说:"我们学校有名的'四大名捕',有两个就是我们医学院的教授,特别严格。课本上的东西,他直接默认你课前预习了,课上带过,重点讲课本上没有的。你要是一节课不去,就跟不上了,等着挂科吧!当然,你每次课都上,也不代表能过!因为他题目出得很难。有的题目直接上最前沿的东西,还是英文版的。好多人看到题目就哭了,因为压根就看不懂题目,更别说答题了。"

李小康捧着脸:"不是吧!"

慕林白点点头:"就是的!所以,英语一定要学好。国外很多的新理念新技术的文献可都是英文的。"他见到李小康被吓到了,就安慰,"不要怕啊,认真学就没问题。遇到不懂的,就去查字典,几年下来能学到很多英文生词。"

能考上宁大,智商肯定在线,只要好好学,不会太差的。他又说了:"我那有几年的笔记。我借给你看好了。"

李小康说:"一定要借啊!我有不懂的,以后能麻烦慕学长教我吗?"

慕林白抓了抓脑袋,笑着说:"没有问题。你找我发短信给我吧!有时候,我可能在上课接不了电话。医学院的课程挺重的。我记得我大一的时候,还有好多像英语、计算机、高数、体育等公修课。然后我们每学期还要选人文选修课吧!专业必修课也有不少,还有专业选修课,算下来一周有五十几节课吧!周末不上课。"

他跟李小康已经互留了号码,加了QQ好友,还说好要互加校内好友。

李小康心算了一下,就拿五十节课计算,一天至少有八节以上的课程,学业还真的挺重的。她有点愁了:"好多课啊!"

慕林白就安慰李小康:"我们医学院不算最多的。我们学校有的专业课程更多!你想想,我们将来面对的可是活生生的人命。现在多学一点,也许就能多救几个人啊!所以课业重也是应该的。"

李小康点点头,心中燃起熊熊地斗志:"慕学长,我一定会好好学的!"她会拿出高三的劲头来,把每一门课都学好。

慕林白看着决意要好好学习的李小康,对她的印象更好了。他觉得女孩子还是要好好读书的。要是女孩子一进大学就忙着翘课打扮恋爱逛街看电视剧,简直是在浪费人生!青春大好时光,不拿来学习,实在是太对不起自己高考前的那番努力了。

当然,学习不是人生的全部。该好好生活的时候,就要好好地生活。但学习是一点也不能放松的!

既然选择了医学院,想去当一名医生,立志当好一名医生,那么就应该认真钻研医术。

书山有路勤为径,学海无涯苦作舟。没有付出,哪里有回报呢!

出了图书馆,慕林白和李小康慢慢地往食堂那边走。

五点半,阳光没有那么烈了。李小康一个下午都没喝水,嘴唇很干。她舔了舔嘴唇:"慕学长,你喜欢吃什么呀?"等下就到食堂了,那里肯定有水卖。

慕林白说了半天的话,嗓子都冒烟了:"我不挑食,随便的,你喜欢吃什么呀?"

他竟然忘了买水,小康一定很渴了。到食堂,他一定先请她喝冰镇酸梅汤。至于吃什么,他当然得以她的口味为准!

李小康是真心想请这顿谢一谢慕林白。这样今天欠他的人情就算还了。她向来不喜欢欠人的人情,尤其是男孩子的人情。

她问:"食堂的饭菜好吃吗?"

慕林白说:"只管饱吧!也就三楼食堂好点,明天我陪你去外面吃吧!我知道有几家不错的馆子。"

地方不远,但是今天李小康刚到,车马劳顿的,怕是累到了,他只能下次带她去。

学校里到处都是人,跟慕林白一起吃饭没什么,但是要两人单独出去,还是算了吧!李小康自认为她和慕林白还没熟到那个份上,而且慕林白实在是太热情了,远远超过普通学长应该有的表现。从小到大,李小康遇到过大把献殷勤的男孩子和心思不坦荡的男孩子，来往时她分寸拿捏得很到位，绝对不会超过普通朋友的边界。慕林白再优秀再养眼，只要动机不纯，她就不会和他来往太频繁。

在她的人生规划里，本来就没有大学谈恋爱这一条。而且医学院每一门课都重要，她想抓紧时间，认真学习。如果行，她打算明天就来图书馆开始看书。

李小康很委婉地拒绝了："慕学长，明天不行了。我想和舍友们熟悉熟悉，而且后天就得军训了。"军训要二十多天，那段时间，她日程都是满的，不可能有时间出去。

慕林白听明白了，有点小失望，"哦"了一声："那就下次你有时间，我们再去吧！"

李小康笑着说："好啊！慕学长，前面就是食堂了吧！我们校区有几个食堂啊？"她不想闹得太僵了。不管是为了什么，毕竟慕林白是真的帮了她，她不能过河就拆桥。

更何况，慕林白真的很帅耶！

李小康不由地侧过脸，悄悄地瞄了他一眼，正好慕林白也在偷瞄李小康。两人的视线不经意地对上。

一秒钟以后，李小康脸蓦地红了，赶紧挪开目光。

慕林白脸也红成了煮熟的大虾，心跳一阵加快，心里美得不得了，又精神起来了，清了清嗓子，更加温柔地笑着："五个。一二层每层都是两个，第三层一个。二层两个的味道好点。三层是一家家炒菜。平时我们宿舍聚餐在三层。我们去三层吃饭好不好？有一家海鲜不错！"

李小康说："慕学长，我不喜欢吃海鲜耶！要不，我们去二层看看吧!"

海鲜太贵了,她怕是请不起。

慕林白便和李小康走到二楼食堂。这个点虽然是吃饭的高峰期,但没正式开学,食堂里人不算多。天热,靠近门口卖鲜榨果汁冰镇饮料的窗口排起了长队。慕林白说:"小康,你先在这里坐下,我去买点饮料,再来找你。"

李小康一口答应,等慕林白走向那个窗口,她就环视一圈。现在二楼食堂只有几个窗口开着,有一家卖鸭血粉丝汤,而且没几个人在那里排队。鸭血粉丝汤可是南京的特色小吃。她赶紧跑过去,见里面还卖灌汤包,这个也是南京小吃!

李小康很开心地点了:"一笼灌汤包,再要两碗鸭血粉丝汤。其中一碗不要放鸭肝、鸭血、鸭肠。"

这样的要求很少见。窗口的阿姨都乐了,抬起头问:"那你要什么?"

李小康说:"多要点汤啊,还有粉丝!"

窗口阿姨说:"香菜和辣油要不要啊?"

这两样,李小康都很喜欢,想着慕林白说自己不挑食,也就说:"都多多地放!"

等慕林白拿着两杯冰镇酸梅汁回来,就见到李小康面前的桌子上已经摆了两个橙色的塑料长方形托盘。李小康面前的托盘上摆着一个海碗,而她对面的托盘上,除了同样的一个海碗,还有一笼灌汤包,边上是两个小瓷碟子,一碟子是醋,一碟子是辣油。

李小康甜甜地笑着说:"慕学长,坐啊!我说过的,这顿我请!"

慕林白走近了,看着海碗里汤汁上头铺着的一层红红的辣油,而那辣油中间又漂着绿色的香菜,头皮都发麻!他是一丁点辣都不吃的啊!而且他也受不了香菜那股味。那家的辣油可是学校食堂最辣的一家,况且这碗的香菜也太多了点吧!

他很为难:"那怎么好意思啊!还是我来请吧!要不,我去买点别的?"最要紧的,怎么可以让小康请客呢!

李小康只当慕林白是客气,笑得更甜美了:"我买都买了。慕学长,这些你是不是不喜欢啊?"

看着甜甜笑着的李小康,慕林白实在说不出口自己不想吃的话来。他强堆起笑来说:"没有!没有!我很喜欢吃的。来!喝酸梅汤吧!这个解暑。"

就着酸梅汤吃,他应该能撑得住吧!

慕林白对着辣味十足的鸭血粉丝汤,十分纠结。

李小康很高兴:"好啊!慕学长,我怕你一碗粉丝吃不饱吧!帮你点了笼灌汤包。一笼够不够,不够,我再去点碗酸辣粉。"

刚才排队在她后面的一个男孩子来搭讪,说那家的酸辣粉也很不错。

酸辣粉也是辣的!慕林白赶紧说:"真的不用了。吃得饱!"好在灌汤包不辣。

李小康就很欢乐地将辣油整个儿倒在那盘灌汤包上:"排在我后面的那个学长说,这家辣油特别好!要这么吃才好吃!"她边说,便把醋又倒了上去。

慕林白揉了揉太阳穴。这下好了，没有一样是不辣的。他抱着视死如归的心，脸上带着灿烂的笑容："是啊！这样吃最好吃了！"他为了表示他所言非虚，挑了一个沾到辣油最少的灌汤包。可才吃了一小口，辣味就冲上来了，慕林白顿时就剧烈咳嗽起来，他赶紧拿过酸梅汤喝了一大口。

李小康抬起头，纳闷地问："慕学长，你怎么了？"

慕林白勉勉强强地压住了不适，笑起来："没事，没事！下午话说多了。"他赶紧再喝一大口酸梅汤。

李小康就说："渴了，喝口汤吧！这个汤味道不错。"

对上李小康担忧的眼神，慕林白脸上扬起笑："好啊！"他低头看了看那碗红通通的鸭血粉丝汤，眉头皱了皱，抬头又看了李小康一眼，有点傻气地笑了笑，再端起碗来，猛地喝了一大口。

那滋味，实在是太难以描述了！

好不容易，慕林白才咽了下去，然后更加剧烈地咳嗽起来，咳得满脸通红，鼻涕眼泪都流了出来。

李小康这才后知后觉："慕学长，你不能吃辣吧！"她出门没带包，身边没有纸巾。李小康赶紧问旁边的同学要了几张餐巾纸，然后递了过去。

慕林白接过，擦干净了。他缓了好一会儿，才缓过劲来，心中郁闷无比，他维持了半天的形象啊，就这样毁于一旦了！

第二章 再遇

回到宿舍，慕林白跳了起来。书，他的书，那本《重症医学主治医生手册》，他丢在火车站了！那可是他从图书馆借来的，要是丢了就麻烦了！不仅要赔钱，还影响他一次性借书的数量。本来他就觉得一次性能借出来的书太少。

庾笃正一边打着游戏，一边随口应付女朋友的电话。他见到慕林白翻箱倒柜的："小慕啊，你那书，我给你丢床上了。"

慕林白这才松了一口气："多谢啊！"

庾笃很敷衍地和女朋友再说两句，就挂了电话。他坏笑着："小慕啊，和小美女处得怎么样啊？要不要我教你几手？"

慕林白说："不用！"

庾笃戏谑地问："你看上她了？"

慕林白不说话。

庾笃另一只手抠着脚丫，继续逗着慕林白："你不要，我就追了！"

慕林白没好气地说："你有女朋友了！"

庾笃很欠扁地丢下一句："我还缺个妹妹啊！"

慕林白急了:"鱼肚皮,你可别打小康的主意!"

庾笃总算是逼出慕林白的一句准话了,朝他挤眉弄眼的:"你早说不就中了!"他跟慕林白开玩笑,"小慕,以前咱们哥几个一起聊天,还说你只会学习呢!估计你到毕业了,还没机会牵女孩子的手吧!哈哈,原来你的缘分在这!"

慕林白脸有点烫,换了话题:"管哥、程哥呢?"

庾笃说:"都和女朋友出去了。晚上不回来。"

慕林白"哦"了一声,就低头去看书了。

庾笃说:"你看那书早了吧!"

执业医师还都没考呢!

慕林白头也没抬:"这是考研书目里头的。"保研要看综合测评,他只是专业好没用。他想读研得自己考。

他是真喜欢医学,想好好学习,当个医术精湛的大医生。这是他的梦想,他的事业。

庾笃这才不说话了。

连着发了几天短信,李小康回得都很慢。慕林白那点心思就慢慢丢开了。从小到大,他几乎是要什么有什么,骨子里是心高气傲的,要他一直低头俯就一个人,他根本做不到。

再过了两天,慕林白接到他哥哥的电话。然后他就按照他哥给的地址,在下午三点来到了郊区的一家高档会所。

会所建得古色古香,典型的江南园林风格。服务生引着慕林白一直往里头走,转过几个弯,走过两座桥,穿过三扇月洞门,就来到最里面的包房。

第二章 再 遇

慕林白推门进去，一股冷气扑面而来。然后他就看见他哥哥慕林青正在泡工夫茶，用的还是在家里用的那套茶具。

慕林青三十多岁，西装革履的，十分精神。他的声音很稳："阿白，先喝茶吧！"

慕林白捧起来，先闻了闻茶香，然后低头看了看茶汤，再喝了一小口，是上好的铁观音。

他问："哥，你怎么突然来了，爸妈都好吧？"

有什么事，不能在电话里说，非要把他叫出来。

慕林青笑容四平八稳的："爸妈都挺好的。我出差路过这里，来见你一面。你大学毕业后，家里送你去美国读工商管理。你自己挑个学校吧！"

慕林白说："我想继续学医。"

慕林青看了他一眼，端起茶盅慢慢地品茶，似笑非笑。

慕林白碰了个钉子，继续说："哥，你就再帮我一回吧！"虽然他和哥哥相处的时间不长，但兄弟两人的关系不错。当初高考前，父母就打算送他出国留学，还是慕林青帮他说了几句话，他才能遂了心愿来这里念大学。

慕林青向来是拿小自己十八岁的亲弟弟当半个儿子看。他不接话，放下了茶盅："阿白，这点零花钱拿着吧！哥单独给你的。"他递过来一张银行卡。

慕林白没有接，摇摇头："不用了。钱我不缺。哥，非得是工商管理吗？不能学医吗？"

慕林青收了卡："回头我叫人把钱打到你卡上。随便花！不够了，找哥！"他顿了顿，"以前你年纪小，想读几年喜欢的书，也就算了。明年你就二十了，大了，也该承担起我们家的责任了。你要是想去其他国家留学也可以。但专业不能变。"

慕林白问："我不能考医学院的研究生吗？让我读我们学校的医学院也行！"

慕林青很肯定地说："不能！"他把话说死了。

慕林白沉默了片刻："哥，集团里不是有你了吗？"

慕林青说："阿白，你是我们慕氏医药集团的第三大股东。"弟弟不喜欢争权夺利，慕林青乐见其成，但弟弟太不追求上进了，慕林青又不乐意了。

慕林白抬起头，目光很坚定："哥，我可以不考研，但能不能不出国？我就留在我们集团的医院里当个普通医生。开股东大会时，我再去。或者我直接把股份让给你好了！"他是真的很想去当医生。

老爷子还在，慕林白后面一条提议想都不要去想。慕林青沉下脸："转股份的事，不准再提！你是慕家的子孙，你享受了慕家子孙的种种便利，就要承担起慕氏子孙应该承担起的责任。是，当医生是你的梦想，但是，承担起慕氏集团管理者的责任是你必须尽到的义务！"他顿了顿，缓和了口气，"当然，你提出来要从基层普通医生做起，我回去后会向爸爸提议。"他又递过来一盏茶。

慕林白接过后，没有喝。他心情一片灰暗，半低着头，看着茶汤："我知道了！哥，还有什么事吗？"

多少人求之不得的事，到他这个傻弟弟心里都成了不得已而为之。慕林青很无奈："阿白，你又瘦了。我看到你的对

第二章 再 遇

账单了。一个月两千都用不掉,卡上剩了那么多钱。你太节省了!学习不用太刻苦,能混到文凭就行了。"

两千元,还不够慕林青的一顿饭钱。他都不知道他弟弟是怎么活下来的。家里从来都是优待他这个弟弟的。明明家里一个月给了他不少钱。还不算家里过年过节探望他时再给的。

跟他们家周围年龄相仿的男孩子比起来,他这个弟弟简直洁身自好到可怕,不喝酒不抽烟,也不去找女孩子,绝对地好好学习,天天向上。可掉进了书堆里也不是好事。现在他弟弟人都读傻了,脑子转不过来弯。

果然,慕林白很认真地说:"哥,我是真的很喜欢学医。不能混!"

学医出来面对的是生命。生命只有一次,他岂能不严谨,不细致,一混了之。

庸医害人,他坚决不要当庸医!

慕林青看着天真的弟弟,心里那个愁啊!他缓和了口气:"阿白,当医生真那么好吗?"

慕林白很坚持:"这是我的梦想!哥哥,你知道的,我为了当医生,付出了很多。你说过的,会尊重我的梦想。"

慕林青:"你还小,不懂事。"

慕林白没等他说完,就开口:"哥哥,我长大了。我知道我想要什么。哥哥,我可以不考研,但我想当医生!"

慕林青:"阿白,你想想清楚。再想想。你的梦想与家里的要求并不矛盾。我说过,你可以从家里医院的普通医生做起,体验一下一线的生活,再去管理岗。"

慕林白斩钉截铁地说:"我不去管理岗,我只想当医生。当一辈子的医生!"

慕林青拍案而起:"你!"

兄弟这场见面,最后不欢而散。

借口晚上还要回去自习,慕林白自己打车走了。他坐在出租车的后排,侧着脸,看着右边的景色不断地往后退,心里空落落的。

他突然发现,他熟视无睹的这些景、这些人,还有这些事,有一天都会突然消失,只能成为他的回忆。

不知不觉,他就大四了。他还没有真真切切地走进这座城市,就要彻底离开。更重要的是,他的梦想,很可能永远只能在梦里想想了。慕林白有很多话想说,但是不知道对谁去说好。他摸出手机,在通讯录里翻了几遍,最后挑出了李小康,发了一条短信:"小康,原来我已经那么老了。"

慕林白没指望李小康能回。

却不想几秒钟以后,李小康的短信就过来了:"慕学长,你怎么了?"

慕林白觉得自己心里似乎有一团小小的火苗在跳动,暖洋洋的。他唇角不由自主地往上弯起,立即回短信。他打了几个字,觉得写得不妥就删了,再重新写。短短的几行字,他写了好几遍,最后才定了下来:"没什么,就是毕业后,要离开了。有点舍不得。小康,你今晚有空吗?能出来坐一坐吗?"

他发出后,心里很忐忑,怕小康不回他,更怕小康拒绝

第二章 再 遇

他。每隔一两分钟,慕林白就看一回手机。他来来回回看了好多遍,生怕自己错过小康的短信。可时间一分一秒地过去了,他的手机安静得就像一块冰冷的石头。

慕林白看了看窗外,出租车都已经开到玄武湖边上,再过十来分钟,就要到学校了。而小康的短信还没有过来。他轻轻地叹了口气,将手机收了起来。这时,手机的短信提示音响了起来。

慕林白赶紧摸出手机一看,不由得笑了,是她的短信!他就要去看,手指却按不下去。要是小康拒绝,他怎么办!慕林白深吸一口气,打开了。李小康写着:"晚上院里有迎新晚会,我有节目,结束后,在食堂,好吗?"

这就是答应了!

慕林白傻笑了一会儿,赶紧回了一个:"好啊!"他把她的短信再看了一遍。小康说今晚的迎新晚会,她有节目。

他要去!

可是他能去吗?

慕林白立即打电话给庾笃:"庾哥,今晚院里有迎新晚会吗?"

庾笃其实很有能力。他在院学生会里混了几年,熬到了主席,消息很灵通。这件事,正好他就是主办人。他假装很诧异:"你家小康没跟你说吗?"

自从慕林白言明对李小康有意思,他的这帮哥儿们就很有默契地把人留给他追了。熟悉的几个兄弟,私下和慕林白说起来,还会加定语,称呼李小康为"你家小康"。

慕林白总是被这个称呼莫名戳中兴奋点。他嘴上还是笑着纠正："哎呀，还不算我家的！"

庾笃腹诽了一句口是心非："下午彩排，她第六个节目。"

慕林白笑着说："她跟我说，她有节目。我，我，我能不能去看啊？"说到最后，他有点犹豫。

庾笃都快要嫌弃死笨笨呆呆的慕林白了。他都要吼起来："笨！必须去啊！人家小姑娘说有节目，心里就是希望你能去看呢！我们老生还要表演节目呢！咦，你歌不是唱得不错嘛，你要不上去唱首吧！我给你临时加节目。"

慕林白愣了几秒钟："可以吗？不太好吧？"太高调了！

庾笃见到慕林白追求李小康的进度条涨得那么慢，都快为他急死了。他说："你磨叽个什么啊！精诚所至，金石为开，知不知道啊！她态度不热情，你不会去追啊！"慕林白追女孩子，居然还端着！美女都是稀缺资源，有的是人捧，态度不好点，他能追得上？慕林白真是活该单身！

慕林白这才下了决心："能安排得了吗？"

庾笃这点主还是敢做的："当然可以啊！我给你安排第一个，新生代表讲完话就你上。快！节目单等会儿就要打出来了！给你一分钟，你考虑一下，你要唱什么歌吧！小慕，你是男人。男人该主动啊！勇敢点。"

被庾笃一鼓动，慕林白的心思又活络了起来。很多歌名在慕林白脑子里过了一遍。他说："《发如雪》，我就唱《发如雪》。"这可是周杰伦的歌，特别流行！

庾笃爽快地说："好！这首歌好，就这样定了！背景音乐我来搞定。迎新晚会六点半开始,在小礼堂,你六点前到来走一下台!你现在赶紧回去捯饬一下,一定要闪亮登场啊!"他只能帮到这里了。

慕林白说:"庾哥,义气!"

电话那头,庾笃哈哈地笑着:"回头请客!到三楼请,吃海鲜!"

慕林白立即答应:"好!再叫上管哥、程哥!"他笑得很开心,眼睛里也有了神采。

另一边,李小康没把这件事放在心上。她打算先答应下来,到时候再找个借口不去,省得一口回绝慕林白,对方反倒不甘心,更加卖力地缠上来。几天工夫,就连班长周应俊都半夜发短信撩拨她,更不必说周围的男同学们了。

李小康被缠得很烦,算是服了这些人的厚脸皮程度。简直是她给点笑脸,这些人就以为大有机会,一个个像公孔雀没事儿就在她面前开个屏。但是她又不好彻底不理。毕竟这些人并没有做什么过分的事,说过头的话。

很显然,慕林白也算在这些人里头,而且还不是其中给她留下最深印象的那个。

六点二十分,李小康和三位舍友坐到了座位上。她是临床医学专业的。班上有三十七个人,女生不多不少就四个,正好凑够一间寝室。辅导员点名她们上去表演一个节目。说是节目,其实也没花多少工夫,也就是她们穿着医生的白色制服在台上朗诵一段从医誓词,还不用脱稿。

李小康把手机调成了振动，可她的手机一直都在嗡嗡地响。她叹了口气，懒得去看那些无聊的短信，直接删了，然后把手机调成了静音。

这下，世界总算清静了。

秦思思嚷嚷起来："小康，干脆都拉进黑名单吧！"

给李小康发短信就算了，还有些人不识相地半夜打李小康的手机。还有些人打寝室电话。本来军训一天，大家就很累了，她们想倒头大睡。真的一点都不想听到此起彼伏的铃声。

程媛柔柔地笑笑："都是同学，抬头不见低头见的。再说了，我们学校那么多男生。就算不谈恋爱，和他们做朋友也可以呀！"她容貌中上，在宁大里，也算是很不错的了，也有两个男同学对她示好，她倒是挺乐意和他们来往。

秦思思"啧啧"两声："得了！这世上哪有纯洁的男女关系啊！只要是男女关系，绝对纯不了！小康，你不是大学里不想谈恋爱吗？听我的，通通都不要理！只要没遇上太执着的人，保准他们缠你一阵子就会算了的！"

才多长时间，这帮男生对李小康哪里会有多深的感情！还不是他们刚上大学，看李小康实在是漂亮，又寂寞空虚无聊外加上虚荣心作祟，然后就一窝蜂地拥上来了。

李小康眼睛亮晶晶的："真的吗？"她都快愁坏了，她根本就没想着招惹别人，可别人还是死命地贴上来，就跟狗皮膏药似的，甩都甩不掉。

秦思思肯定地点点头："当然是真的。我就不信，这年头真有那么痴情的人！你把他们统统拉黑，再高冷一点，让那帮人知难而退!"

程媛质疑了:"这样一来,小康的人缘怎么办?再说了,真有人对小康那么痴情,小康又拒绝了,岂不是耽误了她一生的幸福?"她捧着脸,眼冒红心,"万一有一个又高又帅又有钱的男生来追小康呢!"这会儿,她心里想的是,要是有这样的男生来追她就好了!

秦思思跟看白痴一样看着程媛:"又不是校园偶像剧,哪有那么多高富帅?"

程媛陷在幻想里,下巴微抬,笑着说:"那可说不准啊!谁说这个世上没有童话般的爱情!"当然,要是她是童话般爱情的女主角就好了!

王骊刚才一直低头看着等下要朗诵的誓词。她把誓词背下来后,才说话:"小康不是说要回老家工作吗?那些男生肯跟她回去?我们学校的毕业生除了读研出国的,剩下的几乎都在长三角!"李小康的老家可是在皖南的小县城。估计这帮男生是不肯屈就的。与其毕业那年注定失恋,李小康还不如不要恋爱。

程媛继续说:"别人就算了,还有周应俊。要是小康不理他,他会不会给我们小鞋穿啊?"

秦思思斜了她一眼:"他总不至于那么小气吧!程媛,要不你来?"

程媛有点生气了:"你说什么呢!"

王骊做了和事佬:"媛媛,思思姐跟你开玩笑呢!这事得小康自己拿主意!"

李小康将一串号码一个接着一个地加进黑名单里："那就暂时留下周应俊!"要是他实在烦,她就拉黑。这几天,李小康都浪费了不少时间在回这些男生无营养的短信上,都没有时间看她从图书馆借来的书了!很快,她就看到了慕林白的名字。她犹豫了一下,还是把他的号码塞进了黑名单里。

新生代表讲完话后,主持人上台了。她说:"今天,我们走进了宁大,走进了医学的圣殿,我们将投入我们的青春和热血去爱医生这个职业,从金色年华到满头白发,不忘初心,救死扶伤!下面有请03级临床医学专业慕林白同学为我们带来独唱歌曲《发如雪》!"

程媛最先反应过来:"下午彩排时候没有这个节目啊?"慕林白这个名字挺熟的,好像是李小康的追求者之一,而且是个大四的老男人。

李小康没在意。她正忙着回周应俊的短信。他有事请假,就发短信过来了,问她迎新晚会的情况。

程媛安静了几秒钟,不由得惊呼:"小康,好帅啊!你根本没有告诉我们,慕学长长得那么帅!你快看啊!"

秦思思见到咋咋呼呼的程媛,觉得坐在她旁边都丢人!没见过帅哥嘛!干什么要这么激动啊!不过,这个慕林白长得确实太好了!

王骊也赞叹起来:"真的很帅耶!"

李小康这才抬起头,只看一眼,不觉愣在了原地。

台上所有的灯光都聚焦在慕林白的身上。他帅得就像是言情文里的男主,穿着白色的医生服,眉梢眼角都是暖暖的笑意。那笑意里是腻死人的温柔，让人不由自主地迷醉其中。

前奏已经播完了，他举起话筒开始唱歌，唱得很有感情。他唱道："狼牙月，伊人憔悴……缘字诀，几番轮回……纵然青史已成灰，我爱不灭，繁华如三千东流水，我只取一瓢……爱在月光下完美……"

李小康感到，慕林白目光灼灼，似乎牢牢地落在了自己的身上。

她觉得脸颊烫得厉害，也许是小礼堂空调制冷的效果太差了吧！

弱水三千，只取一瓢饮，这是如月光般完美的爱啊！

也许如歌里唱的那样，一生只会遇到一次真爱。

如果真能与心中唯一的那个人携手共头白，该是多么幸福呀！

一曲结束，小礼堂里爆发出一阵热烈掌声。李小康摸出手机，从黑名单里找到慕林白的号码，手指停顿了一下，然后就把慕林白从里面放了出来。

没过两分钟，她就收到了慕林白的短信："小康，我唱得还好吧！"

李小康秒回信息："学长唱得真好！"

慕林白收到短信后，足足傻笑了五分钟！他很高兴地回复："那就结束后再见。食堂不好吃，我们去学校门口吃烤串。"

被庚笃一提点，他都要被上一次的自己蠢哭，怎么做出那么笨的事来！这一次一定不能再出岔子了，要把在小康心里丢掉的印象分补回来。

烤串加啤酒是最好的搭配了。烤串可以放辣，也可以不放。辣的归小康，不辣的归他。而啤酒是个好东西。庾笃他们几个耳提面命，一定要把小康灌得半梦半醒，然后他就可以趁机拉拉小手，送她回寝室。

慕林白脑补了一下场景，很激动！

李小康看了短信后颇为犹豫，就小声问舍友们："能去吗？"

程媛两眼发光："必须去啊！慕学长那么帅耶！能和他一起吃饭多么幸福啊！"她托着下巴，话锋一转，"不过太晚了耶！要不我们陪着小康一道去吧！"

秦思思继续拆台："你是自己想去吧！"她又一针见血地戳破了李小康的心思，"你都问能去吗？还用来问我们？"

王骊很无奈，秦思思就是一炮仗，看谁都横眉竖眼的。一种米养百种人，每个人有每个人的想法和生活方式。一个寝室住着是缘分，就该求同存异。她只得又去劝："慕学长看起来还行！外面卖烤串的离学校不远，吃到十点半再赶回来都来得及！"再晚就不行了，十点四十五，宿管阿姨要查房，十一点门禁自动锁上，那就只能在外面混一夜了！当然，前提得是躲过阿姨查房那一关。夜不归宿被逮到，可是要全院通报批评的。

她又说："小康，思思姐也是好心提醒你，你多留个心眼！"李小康怎么想，她暂时没看出来，但慕林白肯定有企图。

程媛还想去:"干脆我们一块去吧!听说烤串味道不错呢!我们就不远不近地跟着!"

王骊见秦思思眉头都皱起来,赶紧抢着说:"我们就不去了!"至少程媛现在是不好意思一个人硬跟上去。

程媛有点悻悻的。秦思思就冲着李小康老气横秋地说:"你刚才说好的高冷呢,这就改主意了?好了,等下就是我们的节目了!"

李小康脸一阵红一阵白:"我不去了。"本来她就不是非去不可!她低头和慕林白发短信:"慕学长,太晚了,不好意思。"

慕林白心里正美着呢,冷不丁收到这条短信,就觉得被一盆水从头浇下。刚才气氛不还是好好的嘛!他赶紧回:"不晚啊,我们肯定在寝室锁门前回来!"

然后手机就安静了。

慕林白等了好久,等着小康表演完了节目,等到了迎新晚会快结束,都没有等到小康的信息。他又是焦急又是忐忑,怎么也坐不住,思来想去,鼓起勇气拨了电话过去。

然而,李小康没有接电话。

等活动结束,慕林白再也坐不住了,直接往后走去找小康。然而,人实在多,又同时开了三个安全出口。慕林白挤来挤去,找了一会儿,没有发现小康的踪迹。他索性以最快的速度出去,一路狂奔,然后候在了去女生宿舍必经之路上。

路边灯光本就不亮,被树木繁茂的枝叶一遮,光线就更朦胧了。慕林白站在路灯下,看着女孩子们结伴走过,极力在其中寻找小康的身影。没过多久,他就在并排迎面走来的四个女孩里发现了小康。

他赶紧跑上前:"小康!"

李小康一抬眼,就看见慕林白站在薄薄的灯光里。周围的一切似乎都消失了,只剩下了他。李小康没来由地一阵心慌,他的眉眼,他的笑容,正一笔笔地画在了她的心上,勾勒出一个让她恍恍惚惚的轮廓。

她忽然像做错了事的孩子,如水的目光闪了闪,有些紧张:"慕学长!"

慕林白鼓起勇气,抿了抿嘴唇:"小康,我们走走吧!"这一刻,他突然觉得只要能与小康在学校里走一走,说几句话,就很满足了。

这样的感觉很奇妙,就像是盛夏烈日下去吃冰激凌,甜到了心里,也舒服到了心里。

李小康心湖如被风吹,翻起细波,轻轻地点头:"好!"

秦思思要去拦,被王骊拉开了:"走吧!"

程媛捂着嘴偷笑,也跟着走了。

夜晚的校园很清寂。

慕林白和李小康并肩走在路上。他们每一步都走得很慢,仿佛只要他们愿意,就可以一直走到地老天荒。

慕林白说:"小康,还过得习惯吗?"

李小康:"挺好的。昨天社团招新,我想参加国漫社,可惜没这个社团。"

第二章 再遇

学校里有很多社团。创立一个是挺容易的。只要有三个成员就可以提出申请。

慕林白说:"那就成立一个好了!我和庾笃打个招呼,让他来做挂名的社长!"他只是听说有国漫,可从来没有看过国漫,但是他愿意为小康去看。

李小康眼睛亮晶晶的:"真的吗?"

慕林白点头:"得要一个申请方案。"

李小康抬起脸:"我来写!可是还少一个人!"她加上庾笃学长,还差一个。

慕林白停下了脚步,侧过脸,笑得温柔如风:"小康,你忘了,还有我吗?"

李小康笑盈盈的,有点羞涩:"谢谢你,慕学长。"

"阿白!"慕林白突然说,"我的小名叫阿白。"

李小康脸蓦地红了,半低着头,微微抬眼,眼波柔柔的,口气里带了一点撒娇的意味:"我还是喊你慕学长好了!"

慕林白心都要化了:"都随你啊!"他顿了顿,"以后不许不接电话,不回短信哈!这几天要跟你说社团的事呢!好不好啊,小康?"

李小康点点头,口气软软糯糯的:"好呀!"

两人对视一笑,似乎如一夜风来,千树万树花开。

DI——SAN——ZHANG

JIE——JIN

第三章 接近

第三章 接近

九月初，一连几天都是阴天，气温宜人。李小康洗好澡，换上了可爱的花边短袖草莓睡裙，坐在椅子上，对着圆形的小镜子，拿吹风机吹头发。

军训终于结束，明天是周六，秦思思和王骊是本地人，都回家了。程媛和一个男同学去市区逛，说是迟点回来。寝室里只剩下李小康一个人。

她一边轻轻地哼着《七里香》，一边慢慢地挑起自己的长发，一缕缕地吹干。

房间是左右各两人。床铺是上面是床，下面是柜子，旁边是书桌。书桌上方是三层书架。新书都已经领回来了，摆满了两层书架。

视保台灯开着，散出柔和的白光。书桌上一本厚厚的组织胚胎学的教材正摊开，翻到了第七页。学校发的用来英语听力测试的收音机的频道被调到了FM89.7，放着流行歌曲。收音机压着一张做好的四级模拟卷。

她吹好了头发，站起来伸了一个懒腰，将吹风机收好。她看了一下手机，晚上八点二十了，再预习二十页书，她就休息。

李小康坐回到椅子上，从抽屉里拿出了慕林白借给她的一叠笔记本。从里面找出组织胚胎学的那本，她打开一看，不觉眼前一亮，慕林白写得一手漂亮的钢笔字，而且页面很清爽，内容极有条理，把重点都列了出来。

李小康轻轻地念着："组织学是研究机体组织、细胞、细胞器和分子结构及相关功能的科学。"

结合慕林白的笔记去预习，可比光看教材，好理解多了。她的效率一下子就高了起来。

九点半不到，她已经预习好了第一章组织学绪论和第二章上皮组织。学习计划圆满完成。李小康很高兴，慢慢地合上了笔记本，无意中看到书缝里露了一点红色的绳子。她翻到那页，发现是一枚书签，正面是新一和小兰，反面是慕林白写的一句话："小康，你下的每一个医嘱，我都记在心里。"

这是情书吗？

李小康脸红了，猛地合上了笔记本，过了一会儿，她又打开，看了两遍书签上那一行字，然后低低地笑了。她把慕林白所有的笔记本都拿了出来，在每一本里，她都找到了一枚书签。而每一枚书签上都有慕林白写给她的一句话。

一句句地看过去，李小康脸更红了。她把手放在心口上，感觉到自己的心跳得快极了。

这时手机响了。

李小康一看，是慕林白的电话。她接了："慕学长。"

第三章 接 近

电话里传来慕林白温柔的声音:"小康,我刚从图书馆里出来,你现在在做什么呢?"

李小康轻轻地说:"在看组织胚胎学呢!"她才不要说她在看他写的书签。

偏偏慕林白自己提了:"笔记里的书签看到了没有啊?里面每一句,都是我写给你的心里话。"

李小康心跳得像打鼓,心里骂了他一句"好讨厌",嘴上不肯认,别别扭扭地说:"我没看到啦!慕学长,你有什么事吗?"她自己都没感觉到,她的口气更加娇软了。

慕林白一向细致,听出来了,低低地笑了笑,很轻快地说:"没看就没看,不要紧的。"他停顿了一秒钟,"小康,没有事就不能和你打电话了吗?"

李小康说:"那我就挂电话了。"她现在也就是说说而已,没真挂。

慕林白笑着说:"明天早上七点半一起去图书馆自习好不好?我们还要说说国漫社的事。学校已经批下来了。我们总要开个首届社员大会吧!哦,庾笃说他就是挂名的,有活动千万不要叫他!"为了这条,他都请了全宿舍吃了两顿海鲜大餐,还单独请了庾笃一回。

终于找到一个光明正大的理由能不断地和李小康单独相处了。慕林白非常开心!

李小康只犹豫了一瞬:"好!"

然后,慕林白笑着说:"小康,你走到阳台,往下看!"

李小康的宿舍在三楼。她走到阳台上,往下看,一眼就看到慕林白一手推着自行车，站在宿舍楼下，抬着头，朝她灿烂地笑着。

慕林白另一只手拿着手机："小康，明天这里见！"

李小康也笑着说："好的，慕学长！"

慕林白说："那就说定啦！我来接你！你快点进去吧！我看你进去，我再回去！"

李小康："好啊！"

她微微抬眼，夜空里的月亮又大又圆，华光如水。她心里也起起伏伏如水波微荡。她朝慕林白扬起一个大大的笑容，迈着轻快的步子，转身回了寝室。

慕林白被小康的笑容晃了一下神。等再也看不到她了，他才骑上自行车，哼着轻快的歌，慢慢地往前骑了一段，然后，他停了下来，回头去看小康宿舍的方向，见到灯还亮着，心里莫名地安宁。

他傻傻地笑着，怎么看也看不够，最好能这样看她一生一世。

今天晚上，太多人回家，女生宿舍楼空了大半。阿姨就没来查寝。

十一点熄灯了，李小康躺平后，却怎么都睡不着。她已经打了十几个电话给程媛，但是除了第一个是响起了铃声后被掐断的，其余都是电话提示音，那头女声一遍遍没有感情地说她拨打的用户已关机。

已经是十一点二十分了。再打不通，她就要和秦思思、王骊通气，商量一下该怎么办了！

这时，手机突然响了一下，是短信提示音。李小康拿起来一看，是程媛发过来的。她说："小康，我今晚不回来了，别告诉秦思思她们啊！"

李小康多了个心眼，立即拨回去。这一回，程媛总算接了。她的声音有点沙哑："小康，什么事啊？"

李小康确定程媛没危险，松了一口气，但又挺生气的："你不早说，害我担心了那么久！"

程媛问："阿姨查房了吗？"

李小康说："今天没查。"

程媛没了后顾之忧，她不想多说："那挂了。"她就把电话给挂了。

李小康被噎住了。真是好心被当驴肝肺，害她白白担心了那么久！错过了困点，她睡不着，想起了有大半个月没上QQ，就手机登录了。然后她就看到慕林白的很多信息。

不知道什么时候起，慕林白已经把头像换成了《围棋少年》里的江流儿。李小康往上翻了几页，终于翻到了最初。她一行行地看过去，绝大部分是情诗。很多句子，她看着眼熟，就搜了一下，然后李小康就哭笑不得了，这些都是抄来的。

熄灯之后，插头还是有电的。李小康开了台灯，翻出了书签，然后一句句地搜索。除了她看到的第一枚书签是慕林白根据原版改动了一下，其余的都是他照搬了别人的。

起先那一点点感动顿时烟消云散。李小康很生气！情书必须原创，可以写得差，但是得真情实感，慕林白大幅度抄袭算什么！

她看慕林白在线，回了一条："慕学长，明天有事，我不去了。"

慕林白正坐在电脑前，两个播放器同时播放着不同的国漫。说句心里话，他并不喜欢看这个，可为了和小康有共同语言，他必须看！

慕林白给李小康单设了一个好友栏目"我的小康"，又对她设置了特别关心、隐身对其可见和好友上线提醒。他本来看着国漫都快要睡着了，听到提示音，立马精神抖擞。

点开一看，慕林白真以为李小康明天有事，就回了："那后天哈！小康，你有什么事啊？需要我帮忙吗？"然后他贴了一行笑脸表情符号。

李小康："后天也有事！下了！"她下了线，然后立马关机。

慕林白这才发现不对劲，可一个多小时前他们不都是好好的嘛！他见李小康的头像灰了，赶紧打电话过去，果然又没打通电话。

他不由得感到奇怪，把今晚的事从头想到尾，每一个细节都琢磨了一遍，没发现有纰漏啊！情况怎么就急转直下了呢！

傍晚，李小康去了一趟校门口的文印店。

老板是个黑胖的中年人，脸圆如大饼，戴着眼镜。他本来躺在椅子上，见到李小康，立马坐直，两眼放光："美女，什么事啊？"

李小康拿出慕林白的那叠笔记本："老板，我复印得多，能便宜点吗？"

老板接过，翻了翻："这些我店里都有！从大一到大三，基本上都全了。单买一门五块。一套八十块。买一套划算点，我给你优惠，算你七十！"

李小康愣了："你这怎么会有？"

老板说："期末好多人复印这人的笔记，我就都留了底。"他打开桌子下的一个大纸箱子，从里面拎出一捆笔记复印件："都理好的。最下面是大一的。"

李小康解开白色塑料绳，一本本看过去，医用物理学、系统解剖学等等课程的笔记应有尽有。最上头的一本是儿科的。她说："还真齐全！"

这下，她不用继续问慕林白借笔记了。而且她还可以堂而皇之地借给舍友们，不需要征得慕林白的同意了。反正他的笔记已经被印得到处都是。

老板继续介绍："我这还卖四六级的模拟题、真题。"

那些李小康买过了。她说："我就拿一套笔记。"

出了文印店，李小康的书包一下子就沉得跟石头似的。她不想欠慕林白的人情，打算买件小礼物随笔记本明天一道还给慕林白。但现在背的东西太重了，她实在没力气走远点，就去了附近的一家精品屋。

现在是饭点，精品屋里没人。一个店员坐在收银台的电脑前看偶像剧。李小康一进门，就问："一般送男生什么礼物？"她就图省事，没精力去挑选。

店员是个年轻的姑娘,恋恋不舍地暂停了偶像剧:"看人的,杯子、打火机、领带都有人选。"

李小康不想烦神:"那就拿个卖得最好的杯子包起来。"卖得最多的,总归是不会出大错的。

店员就拿起了一款卖得最好的。那是一个黑色的马克杯,一边有两行白色的英文字,翻译过来就是:"你好,我的爱人。"她问:"这款十块,怎么样?"

李小康没看到马克杯上的英文,只瞟了一眼,感觉这杯子像是给男生用的,就说:"包起来吧!"她看看手机,都快六点了,再迟点回去,食堂的好菜都要被打光了。

店员打包礼物是熟练工,就在李小康看手机的工夫,她就把杯子放进小纸盒里了:"选什么包装纸?"

李小康付了钱:"随便。"

店员以为李小康是送给男朋友的,特意挑了一张素雅的浅蓝色爱心暗纹包装纸,还扎了一朵漂亮的蓝色花朵。

李小康拿了起来:"谢谢!"她只想着买好赶紧走,没细看,没发现包装纸上的爱心。

第二天秋高气爽。下午三点半,李小康准时下楼,就看见慕林白推着自行车站在宿舍门口。他穿着黑白格子T恤,下边是浅灰色休闲裤,背着书包,一看到她,就笑得阳光灿烂。

慕林白等小康走近了:"小康,上车!"

李小康犹豫了一下:"慕学长,我们慢慢走吧!"她顿了顿,"我今天下午不看书,晚上再去自习。"

慕林白看着李小康的书包鼓鼓的："那你把书包给我，省得你背了。"

李小康赶紧把书包打开，拿出慕林白的原版笔记本和礼物盒："给你。"这两样挺占书包地方的，她赶紧送掉清闲。

慕林白一愣："笔记你都看完了？我都没送你礼物！"他素来心细，接过再看一眼，就看到包装纸上的爱心暗纹，顿时心花怒放，笑得更加绚烂。

李小康说了实话："校门口的文印店可以买到你到大三的所有笔记。我买了一套。"

慕林白"啊"了一声："不会吧？"他一点都不知道。

李小康说："真的。慕学长，还是要谢谢你的笔记呀！"

少了一个和小康常联系的理由了，不过，还有国漫社！慕林白就说："不客气啊！我最近看了一部不错的《山水情》。"最近，他在恶补国产动漫。

李小康说："我看过！我在网上看的，水墨画风，1988年的。"

慕林白很惊讶："你连这个都知道？"

李小康点点头："对啊！我很喜欢中国风。"

慕林白暗想，以后得更加认真地看了。要不然，他和小康这个真粉深入讨论一下，绝对会露馅！

他记性特别好，把搜到的信息背了下来："一个个场景就是一幅幅出色的水墨画。"背了这些后，他说："我也很喜欢这样的风格。相遇和分别都是命运的安排，古琴声幽幽，如淙淙流水，老人与少年相伴了一段，总要分开。有点淡淡的遗憾，但很美，毕竟一种信念传递了下去。"他普通话虽然很不错，但多少带了南方的口音，显得有几分绵软。

李小康侧过脸，只觉得慕林白的神色温柔得就像呢喃的秋风，暖融融的。她说话的语气不由自主地软和了许多："以前看过几句话，说其实每个人的心里都有一个人。这个人也许不能陪你走到永远，但是你心里知道，他就一直在你的记忆里，一直在温暖你的心。任何时候只要想起这个人，就会觉得不孤单。"

李小康抬起头，天空湛蓝，云淡风轻，一切都是那么的美好，美得刚刚好。

七点多，慕林白美滋滋地托着礼物盒，一路招摇回了宿舍。

果不其然，熟的弟兄们全部围了上来。

同宿舍的程浩拍了拍慕林白的肩膀："什么好东西？你家小康送的？"

慕林白笑得很开心："嗯。还没拆开看呢！"

在众人的围观下，慕林白小心翼翼地沿着包装的痕迹，完整地拆下了装饰的花朵和包装纸，然后打开盒子，就看到里面的黑色马克杯。他把杯子拿出来，仔细地看了一下，看到那两行英文，脸腾地就红了。

然后就有两个人吹起了口哨。

庾笃的经验最丰富："我收到过。杯子就是一辈子的意思！瞧瞧这写了什么，你家小康在向你告白呢！"

第三章 接 近

慕林白在傻乐，摸了摸自己的头："那我接下来怎么做啊？也送一个杯子给她吗？"

庾笃用看白痴的眼神看他："你不准备点惊喜？女孩子喜欢玩浪漫！"他思考了几秒钟，"要不你来个烛光表白，来一个大惊喜？"

慕林白有点害羞："会不会动静太大了？"

管鸿"切"了一声："越热闹越好吧！放心吧！你家小康一准感动得稀里哗啦的！"

其他人也纷纷赞同，在细节上出谋划策。

慕林白见兄弟们都这么说，下定决心，豁出去了："好！都听你们的！"

过了半个月。晚上九点，李小康和秦思思、王骊从图书馆里出来。李小康微微抬头，夜空没有一丝云翳，满天都是星光。她有点担心："程媛刚刚发信息说，她不回来了！"

秦思思眉头紧紧皱着说："她又不回来？这都半个月了！小康，你跟她再说一声吧！要是被抓到，真不是好玩的！王骊，你跟她关系也还好，你也去劝劝！"

王骊说："我怎么没劝啊！人家被爱情冲昏了头脑，都已经在学校外和男朋友租了房子一起住了！"

李小康说："我觉得那个男的不是好人啊！看起来都快四十了，出手又挺大方的，怎么会还是单身呢？"

王骊瞥了她一眼，委婉地说："也许人家现在才想结婚呢！"

秦思思心里觉得这种概率几乎为零，但程媛一副爱得死心塌地的模样，她又和程媛关系不是太好，真的不好去劝。她说："小康，那天程媛不是和男同学出去吗？怎么就认识了现在这个男朋友呢？"

李小康叹口气："逛商场时，程媛看中一件衣服，一千多吧！男同学没钱买，她就不高兴了。正好那男的路过，就顺手结账。然后程媛就和他好上了。"

秦思思与王骊交换了一个眼神，什么都不说了。

快到宿舍，李小康远远地就看见楼下围了很多人。她没有管闲事的习惯，和秦思思、王骊就径直上楼了。等她回到寝室，刚放下书包，就听到底下有一群人在吼她的名字。

秦思思说："小康，八成是有人向你表白了，真烦！"

李小康很无语："我招谁惹谁了？"其他人都拉黑了；她走得近点的也就是慕林白。而且她有两天没跟他见面了！况且慕林白看起来不像是很张扬的人。她走到阳台上，往下一看，只见楼下的草坪上，摆了很多蜡烛，组成一个心形的图案。中间站着一个人，抱着吉他，边弹边唱。

仔细一瞧，居然是慕林白！

隔得有点距离，底下又嘈杂，她听不清楚他唱的是什么歌。

然后周围站了好几个人，一遍又一遍地冲着楼上高声喊："李小康，快下来！"还有很多人举起手机在拍照。

王骊也跟着走出来："小康，你要上我们学校 BBS 的头条了！"

李小康觉得好烦躁："我可以不下去吗？"她态度很明显了，慕林白也不是很黏人，她以为慕林白能明白他们两人就是纯洁的学长和学妹的关系。她回忆了一下，她真的没做什么让慕林白会误会的事情啊！

王骊双手抱肩，摇摇头："也许人家以为你不在，继续弹唱下去呢？到时候围观的人就更多了。事情总是要解决的。"

秦思思也说："不喜欢就拒绝。"

李小康点点头。躲着不是办法，这种事还是要说清楚的。如果不想有个结局，那么一开始就不能给人希望。

这个点儿是李小康下自习的时间。慕林白边弹吉他，边用粤语深情款款地唱着《我是真的爱你》："曾经的自己，像浮萍一样无依……但是天让我遇见了你，初初见你，人群中独自美丽……于是你成为我生命中最美的记忆……我整个世界已完全被你占据，我想我是真的爱你……等待着你说愿意……"

这首歌，是他在众位弟兄的参谋下，从几百首情歌里，精心挑选出来的。他在宿舍里面练了很多遍，唱得很好听。

他微微抬眼，就看见李小康从人群里走出来。她长发如瀑，披在肩上，穿着白色的蕾丝裙子，漂亮得就像是小仙女。

慕林白听到了自己剧烈的心跳声，笑得神采飞扬，赶紧迎上去，大喊一声："小康，我爱你！"

众人都在起哄："在一起，在一起！"

李小康在离他三米远的地方站住了脚步："慕学长，你不要再闹了！"然后，她扭头就要走。

慕林白愣了一秒钟,赶紧上前,一把拉住李小康的手:"小康,我是真心的。"

李小康挣脱开了,很生气:"你干什么!"她顿了顿,环顾了围观的同学们,认认真真地说,"慕学长,我真的,真的不喜欢你!"

慕林白说话都打结:"这……这怎么可能!你送我那杯子上明明写着,我的爱人!"他说话的口气很着急,"你是不是不喜欢这样?是我不好,太高调了!"

李小康愣了两秒钟,"那杯子上还有字吗?"

慕林白说:"有啊!"那杯子,他都不舍得用来喝水,每天在宿舍没事的时候都要看好多遍。他说出了那两行英文字,然后又补充了一句,"包装纸也是爱心花纹的。"

这么说,那还真是她的错,让慕林白误会了。李小康没那么生气了,有点不好意思:"慕学长,当时我赶时间,就在店里随便让店员拿了一个杯子。包装也是她弄的。我真的没有仔细去看。让你误会了。真的对不起。"她朝慕林白微微躬身。

这一番解释,对慕林白来说无疑是暴击一万点。原来是他自作多情。李小康对他是一点意思都没有。

现场一帮人也傻眼了。

一般剧情不该是女方感动得一塌糊涂,然后两人相拥吗?现在是什么桥段啊!

慕林白心碎成了满地的渣子,勉强维持住风度,神色落寞,话音低沉:"小康,是我不好。给你造成了困扰。我很

第三章 接 近

抱歉。"

以往见到的慕林白都是笑着的,乍一见到他情绪如此低落,李小康有一瞬间的心疼,就像是有很多根细小的针扎在她的心上,口气软了许多:"慕学长……对不起啊!真的对不起啊!"

慕林白一手搭在吉他上,慢慢地摸着琴头:"没事。没事的。"他微微抬起头去看了小康一眼,又飞快地低下头,"小康,以后,我们还能做朋友吗?"这一句话,他每一个字都问得非常艰难。

明知道当众表白被拒,是一件很丢面子的事情,最好他以后都不要再去理会李小康,可是,他真的不想那么做。

他的傲气,在小康面前,荡然无存。

哪怕小康不是他的,只要他能远远地看一看她,听到她什么都好的消息,他就心满意足了。

李小康微微抬眼,只见慕林白今天穿着很正式,白色的衬衫,黑色的西裤,酒红色的领带,文质彬彬,温润如玉。

他应该是真心的吧。

一刹那,李小康有点犹豫,但很快,理智就占了上风。她轻轻地说:"慕学长,你是一个好学长!"

丢下这句话,李小康赶紧转身,一路小跑回宿舍,她怕自己再多留一会儿,再多看几眼慕林白,就会冲动地答应什么。

目送着小康离开,慕林白神色越发落寞。明明还是九月,他却觉得一阵阵的夜风寒凉入骨,似一把把刀割在他的心口,让他疼得要命。

他不知道自己是怎么离开的。

浑浑噩噩,他觉得自己如梦游一般,深一脚,浅一脚的,就像是踩在绵软的云朵上一样,整个人都是飘着的。

第四章 幸福

DI SI ZHANG

XING FU

第四章 幸福

这一夜，李小康睡得很不好。凌晨四点多，她就清醒过来，心如乱麻，怎么也理不清思绪。躺了一个多小时，还是毫无睡意，她轻轻地叹口气，坐了起来，慢慢地穿好衣服。然后她就听到枕头边自己手机的振动声。

李小康拿起一看是慕林白的号码，犹豫了一下，就掐了。十几秒钟，手机又嗡嗡地响起来。可能慕林白真有急事吧！其他两位舍友还在安睡，李小康快步走到阳台上去接："慕学长，有什么事吗？"

电话那头传来一个焦急的声音："李小康是吗？我是慕林白的舍友管鸿。慕林白急性酒精中毒都昏迷了，刚被抢救过来，现在在宁大附属医院留观室。他嘴里念着你的名字。你能过来一趟吗？"

李小康吓了一大跳："怎么可能！"昨天慕林白不是还好好的。

管鸿说："他喝了一瓶白酒。半夜里，他躲在被子里喝的。等我们发现的时候，酒瓶都空了。"幸亏附属医院就在隔壁，救起来特别方便。现在回想起来，管鸿一阵后怕。

辅导员刘杰和慕林白宿舍另外三人一夜都没睡，都守在抢救室外。偏偏慕林白入校时留的父母电话都打不通。字都是刘杰代签的。看着慕林白生命体征平稳，刘杰就找了一个在宁大附属医院当医生的同学借了笔记本电脑，坐在留观室外头的椅子上打字——学生出了这样的事，他得写书面报告。庾笃去续费买早点，程浩回宿舍替慕林白拿衣服再带点日用品，管鸿就留在病床边照看慕林白。

管鸿是有些怨李小康的。不喜欢拒绝是很正常，但是，在她给了慕林白很大希望后，当众拒绝得不留余地就是李小康的不是了。起码，她可以把慕林白拉到旁边悄悄地说啊！这下好了，差点闹出人命。

这会儿，看到慕林白人没清醒过来，嘴里却喃喃地念着小康，管鸿直叹气。他想了一会儿，还是拿起了慕林白的手机，打了李小康的电话。

李小康着急了："我过来！"

管鸿口气不太好："七点半之前得到。要不然，就得等到十点查完房以后了。"

以最快的速度从宿舍跑到宁大的附属医院，也就十来分钟。李小康没有一点犹豫："我马上过来！"她简单地漱口擦脸之后，便抓起书包，急急忙忙地出门了。

清晨六点，宁大校园十分安静，秋景如画。李小康无心去看，握着手机，一路狂奔。她的额头上沁出了汗珠子，顾不得

第四章 幸 福

去擦。很快,她就快跑到宁大附属医院了,赶紧拨打慕林白的电话。

没过几秒钟,电话被接起,李小康气喘吁吁地说:"我快到了。现在慕学长还在留观室吗?他是哪一床?"

管鸿很意外,没想到六点十二分,李小康就来了。在他的印象里,一般女孩子出门捣鼓个半个小时再出来都算是快的!他的口气缓和了点:"第四留观室,16床。你路上慢点,不用跑太快!"

李小康说:"你先别挂,我快到急诊大厅了。"

刚踏进留观室,李小康放下了电话。她一眼就看到了慕林白,然后眼圈就红了。一直意气风发的慕林白,此刻脸色苍白地躺在病床上,打着点滴。

管鸿站了起来:"你来了。"

李小康快步走了过去:"管学长,慕学长现在怎么样了?"

管鸿说:"洗过胃了,一直在补液,用了纳洛酮,现在生命体征稳定。就等他自己醒过来了。你快坐吧!"他把病床边的躺椅让了出来。

李小康稍微放心:"我真不知道事情会这样。"她没有坐下,静静地看着慕林白,长而浓密的睫毛轻轻地扇了下,泪珠子就掉了下来。

她非常内疚。她真不该当着那么多人的面,那么不给慕林白面子。平心而论,慕林白并没有做错什么。不过是他喜欢她而已。

管鸿在一边看了，都恍神了，对李小康的最后一丝不满烟消云散。他赶紧去找纸巾，递了过去，口气很好："你别哭了。小慕没有生命危险。你也不要太担心。"

李小康接过，擦掉了眼泪，担忧地说："那慕学长怎么还没有醒啊？"

管鸿安慰："用过药了，没问题的。会醒的，我们等着就好。"

半个小时后，慕林白终于醒了。宿醉才醒，他脑子还是昏昏沉沉的，睁开眼，就看到李小康站在一旁，心情一下子就阳光灿烂了。他笑起来："小康，你怎么来了？"

李小康也破涕为笑，轻言细语地说："慕学长，你终于醒了！感觉好一点没有？"

慕林白很虚弱，但心里很高兴："好多了。"

李小康早就晾了半杯水搁在小桌子上，赶紧加了热水进去，兑成温开水，慢慢地喂给慕林白喝："慕学长，先喝口水吧！下次你不要喝酒了。"

慕林白喝了水，只觉得温开水甜得跟蜜汁一样！然后，他轻轻点头，笑着说："好，我答应你。以后我不喝酒了。"

管鸿松了口气，等慕林白和李小康互动过，才说话："小慕，你吓死我们了！"

庾笃和程浩也到了。程浩说："就是啊，小慕，不带这样吓人的。你看，小康也很担心你。我们叫她吃早饭，她都吃不下。"

慕林白赶紧说："那怎么行！小康，你怎么能不吃饭呢！"

李小康点点头："没事啦，我上午第三节才有课。等到八点多，我自己去食堂慢慢地吃啦！"

慕林白还在劝："多少吃一点吧，不能饿着！"他到底是宿醉醒后，声音有点哑。

李小康温柔地说："慕学长，你少说两句吧。你需要好好休息，别说话了，好不好？"

慕林白笑得傻里傻气的，连连点头："好，好，好。都听你的。"

庾笃心里存着事："小慕，刘老师还有事，先回去了。他也守了你一夜。你爸爸或者你妈妈的电话号码是什么？他需要跟你的家人说明一下你的情况。"而且刚才刘杰已经明确告诉了庾笃，学校要处分慕林白。

慕林白说："我哥的电话行不？"只要跟他妈妈说了，他爸爸肯定会知道。老爷子本来脾气就不好，要是知道他为了一个女孩子去喝酒喝多了，还喝到昏迷被送医院抢救，根本不把自己的身体当回事，准得发大火。

他也就是三两的量，居然喝了差不多一斤酒。

庾笃说："应该可以吧。"

慕林白说："我手机呢？我跟我哥说一声。"他得先跟他哥通个气。

晚上五点半，天空是透明的亮，蓝得像琉璃。李小康走到校外的小吃一条街，买了一份青菜瘦肉粥和一份小笼包，路过一家小铺子，看见店前有人卖梅花糕，刚出炉的。她就买了两个。

她快步走到附属医院，在留观室的门口，她听到慕林白在里面说话。他用的是方言，像是福建那边的口音。

李小康脚步停顿了，然后她就看到一个衣冠楚楚的男人走出来。他个子很高，有五分像慕林白，气场强大，带了绝对压倒人的气势。看到李小康，那人眼风一扫而过，没有一秒钟的停留。李小康往后退了一步，等人走远了，才进去，就看见慕林白双手抱头靠在枕头上，不太高兴的样子。

李小康走进来："慕学长，你好一点没有？"

慕林白被慕林青训了一通，心里不好受，见到小康，心情才好起来，笑了："小康，你来了。我好多了，再观察两天就可以走了。"

李小康把吃的放在了小桌子上："慕学长，我给你带了粥和小笼包。还有梅花糕。你尝尝看吧！"

慕林白心里就暖暖的："谢谢你啊！等我好了，我一定要请你吃饭。"他拿起梅花糕，咬了一大口，滚烫的豆沙馅儿就流出来，烫得慕林白倒抽一口气。

李小康根本来不及拦："梅花糕刚出炉的，要慢慢吃。一小口一小口地咬。慕学长，你不用请我吃饭了。"她来看他，不为别的，就为了她良心能过意得去。她没有打算久留，"那慕学长，你吃啊，我先走了。"

慕林白很不舍："小康，不多坐一会儿？"

李小康轻轻地摇头："不了，我跟舍友约好了，等下去图书馆自习。"她见慕林白就要下床去穿鞋，忙说，"不用送了。慕学长，你好好养着吧。"

慕林白说："那怎么行，要送的。"他已经站起来，"我已经好了，没什么事的。"他执意将李小康送到附属医院外，目送着李小康离开，这才慢慢地折回去。

快六点，阳光很好，照在身上有几分热度。而慕林白一想起与哥哥的那番争吵，心里很堵。他想了想，掏出了手机，拨打了慕林青的电话。

几秒钟之后，慕林青接了。

慕林白斟酌着开了口："哥，你别动她。这不是她的错。"

然后，他就听见慕林青在电话那边笑了："阿白，你想多了。我发脾气，是因为你太不懂得照顾自己了。你谈几个女朋友，甚至在外头生几个小孩。家里都不会过问。"

慕林白听懂了，家里允许他随意恋爱，但是他结婚的事在他这样的家庭里，他本人反倒是最没有发言权的那个。他说："哥，我不只是要恋爱！"

慕林青不以为然。他这个傻弟弟还小，碰上一个不错的女孩子就动心了，以后经历的多了，就不会那么在意了。

毕竟，年轻的时候，谁没有真心过呢！

他想缓和一下和慕林白的关系，就笑着说："阿白，你不是人还没追上？现在你说要结婚，是不是太早了？"

慕林白顿时就噎住了。

好像还真是这样。他得先追上小康啊！否则，说什么都是空的。

慕林青就支招儿了："阿白啊，你那样追女孩子哪成！你得了解人家，有的放矢啊！慢慢来吧！"

系统解剖学的黄教授讲高兴了，忘了时间，等想起来该下课已经是五点半。

大一刚开始，没人逃课。有几个同学是七点的火车票，一下课就往外头冲。秦思思和王骊搭公交车直接回家，程媛去和男朋友约会了。回家路最远的李小康反倒是最不着急的，她的火车票是晚上十点的。

不紧不慢地去食堂三楼，李小康要了一份五块钱的西红柿炒鸡蛋盖浇饭。她一边吃，一边跟药科大管理学专业的同学周琦打电话："我东西还没有收拾，最快要晚上八点才能到。"

周琦支支吾吾的："小康，我把票退了。"

李小康很诧异："啊？"她很快反应过来，"陈子琪来看你了？"

周琦轻轻地嗯了一声："我们就在南京转转。"临到头放了小康鸽子，她有点不好意思，"要不，你联系一下其他人。"

理科班男生多，考在南京的同学有几个，但其他人都是男生。李小康不太喜欢和男同学走得近。她就说："算啦！我一个人可以的。"

周琦说："那你一个人小心点。"

晚上八点半，李小康背着书包慢悠悠地赶到了火车站，坐电梯上二楼的候车大厅，很意外地在电梯口看到了慕林白。

第四章 幸福

慕林白笑着说："好巧啊！"其实也不是巧合，他知道李小康下午有课，而今天晚上回徽城的就这一班火车。他早在十天前就在代售点买好了票，已经在这里等了两个多小时了。

李小康说："慕学长，你也回家吗？"这趟车的终点是厦门，经过福建不少地方。

慕林白笑着："我爸妈都在外面做事。哥哥也不在老家。我'十一'不回去。我在徽城玩一周。七号早上七点的火车回南京。"

七号从徽城出发到南京的白天火车就这一趟，肯定也能和小康一起。

果然，李小康眼前一亮："我也是那趟车回来。"

慕林白暗自得意："好啊，那回来也一起啊！你是几号车厢？"他打定主意要是两人座位不在一起，他就跟别人换票。

李小康说："二车厢二十八号。"

慕林白嘴角高高扬起，这可真是巧了！他就在同一车厢的二十九号。他说："我就在你隔壁。"

李小康说："真巧！"

慕林白也是背了一个书包，里面装了几件换洗衣服，很轻便。他说："我们那趟车还没显示检票。候车室人太多，都没座位了。离开车还早，我们去那边吃点东西吧。"

车站中间是卖吃的商铺，有肯德基、永和大王，还有其他中式快餐。

李小康看看里头人满为患，也就没客气："好啊。"

商铺那边人也很多，前面的桌椅几乎都坐满了。慕林白找到一个空位:"小康,你先坐着。我去买吃的。你想吃什么?"

李小康就带了一个空水杯来,还没来得及打热水,有点渴:"我不饿。就想喝点水。"

慕林白很快就回来了。他买了吃的喝的。正好小康旁边的位子空了,他坐下:"半夜会饿。先准备点吃的。要是不够再去餐车买。你现在是要喝可乐还是果汁?"

李小康估算出这些食物的价格,想着自己要请回去,起码得管慕林白一天饭了。她笑着说:"我喝果汁吧。"

慕林白将果汁推到李小康的面前,自己就喝可乐了,然后吃起盖浇饭来:"小康,徽城有什么好玩的?"他为了等到小康,晚饭随便吃了点就赶过来,一直守着小康必经的电梯口。他早饿了,但不敢离开,生怕自己离开一小会儿,就错过小康了。

李小康说:"好玩的地方多呢,你在我们县城打算待几天?有没有什么想法?或者特别想去的地方?"

慕林白的想法很简单,就是要想方设法黏着小康,旅游看风景不重要。对他来说,小康就是最美的风景。他笑着说:"也没什么想法,就是突然想去走走。听说那里风景不错。你是本地人,你要是有空,带着我四处走走吧。"

要是完全拒绝,不太近人情。就是关系一般的同学过来,李小康也得陪着随便走走,更何况慕林白跟她现在还是关系稍近点的朋友。李小康想了想:"我要先回家休息下。下午我应该有空,我们再走走。县城附近有几个地方不错。可以玩个两天。你要去爬黄山吗?那里离我们县城可远了。我就不能陪你过去了。"到徽城旅游的，很少有人不去爬黄山。她陪个两天，估计就能脱身了。

慕林白对爬山一点兴趣都没有，听说小康不去，就更不想去了："我就在你们县城逛逛好了。不想太累。我要先找家旅馆住下。你知道哪里有干净点的旅馆吗？"

李小康问："你大概能接受什么价位的？便宜点的，贵点的，都有。不过现在是旅游旺季，好点的宾馆应该被订得差不多了。"

慕林白不挑剔："能住人就行了。你家附近有没有旅馆啊？"

李小康说："我家靠近汽车站，那里后面有一条街上有不少小旅馆。价格应该不贵。"

慕林白点点头："那好！我先送你回家，然后在那里找一家住下。等你休息好了，就打我电话。我等你的电话。"

火车上人特别多，就连过道上都站满了人。慕林白坐下后，说："幸亏刚才在候车室打了热水。"要不然，他现在挤到开水箱都费劲。

李小康说："人太多了，还好是空调车。"

慕林白把吃的放在桌子上："我不能吃辣，小康，你多吃点，要不然也是浪费。"

李小康倒是很喜欢吃鸡翅，用餐巾纸包了一个津津有味地吃着："好啊，慕学长，系统解剖学的术语挺多的。你当时是怎么背下来的？像那个肋骨分类，真肋、假肋、浮肋；按照结构分,又有肋头、肋颈、肋结节、肋角、肋体、肋沟。当时,我是记下来了,但怕时间长了,就会有点模糊。"

慕林白说:"我还真没背。我看一遍,就记住了。"他想了想,"温故而知新嘛!要是发现记忆有点模糊了,就一定要去复习。毕竟,我们将来面对的可是最宝贵的生命。"他指着鸡翅,"其实,很多时候我们都可以练习的。比如这个鸡翅……"

李小康赶紧说:"打住,慕学长,千万不要说了。"还能不能让她很愉快地啃鸡翅了。她完全知道慕林白要说什么。

慕林白摸摸头:"哎呀,不好意思。我忘了。"一提到跟医学相关的内容,他就滔滔不绝了。这也是个病,得自己控制一下。

李小康说:"换个话题吧。我有天在图书馆无意中看到葛里克小说,里面有篇《雪鹅》,很有感觉。让我想起了你上次说的《山水情》。我看那个水墨动画片也是这个感觉,一种淡淡的怅然的美。小说结局更忧伤些。'无尽的思念,勾起了无穷的幻觉',生离死别之后,一切灰飞烟灭,除了记忆,什么也没有了。"

慕林白没看过小说,顺着说:"生死离别本来就是大事。离别本来就是黯然的感觉。"

李小康点点头:"就是觉得好遗憾啊!真的是什么都没有了。海水漫过了被炸塌的海堤,淹没了灯塔,四周是死一样的沉寂。很多鸟都不来了,只有几只在天空回旋。"

没有人知道故事里的男女主角,曾经那么相爱过。

第四章 幸福

慕林白见小康情绪有点低落,就笑了起来:"我们当医生的,将来要努力留住患者的生命,让离别少一点吧。"

李小康点点头:"是的。"

慕林白:"不知道我将来会被分到哪个科室。"

李小康侧着脸,眼眸清亮如水:"我知道谁知道。"

慕林白问:"谁知道啊?"

李小康笑眯眯的:"天知道啊!"

慕林白大笑:"是啊,就天知道!"他笑了一会儿,"最好能是神经外科、心外科、胸外科!我想拿手术刀去做手术。反正千万不要是儿科。我听我一个在儿科的学长说,他天天听小孩哭,都一个头两个大了。还有那些小孩家长,脾气一个比一个暴躁,简直就是一座座移动的火山!"

李小康说:"有这么恐怖?我还想去儿科呢!小孩子都是天使,多可爱啊!"

慕林白摊手:"反正我大四下学期就要去实习,各科室都要轮转。到时候,再给你说我的感受。我们一般都是在附近的几家医院实习。"

当一名牛掰的外科专家,把高难度的手术做得出神入化,是慕林白的梦想。他想想就很期待。

李小康想了想:"我看了一篇文章,里面说外科医生对持刀有很高的要求,要'稳、准、快、灵、巧',最好还能左右开弓!"她又啃掉了一个鸡翅。

慕林白得意地笑着:"我一直在练习刀工啊,而且我可以左手画方块右手画圆圈!"说着,他就凌空比画了一下,"怎么样，厉害吧！"

李小康笑着："我也可以呀！"她先左手画了方块，然后右手画了圆。

慕林白忙说："这个不算，你要同时的。"

李小康下巴微微一抬："你又没事先说啊！"

这个倒是的！慕林白勉为其难地说："那就算你会了。"他一脸向往，"希望实习的时候，能去观摩一下手术。我看过很多教学视频，那些专家的手特别快，感觉就跟用了快进似的。"

李小康很肯定地说："你会的，你将来一定会成为一名优秀的外科专家。"

被小康一夸，慕林白觉得心里开满了花，笑着说："必须会。"

两人就这样你一言，我一语地边吃边聊，越说越投机，只觉得时间过得飞快。李小康不知不觉地吃掉了很多。她掏出手机一看，发现已经是凌晨一点多了。

慕林白谈兴正浓："我家里都不想我学医，叫我学工商管理。我不肯。我那年高考考砸了，那是我三年来分数最低的一次。我第一志愿是南江大学的临床医学专业，就没录取上。我又没填专业服从，就给调剂到第二志愿宁大来了。"也幸亏调剂到宁大了，他才能遇上小康。

李小康停顿了十秒钟。她高考是发挥优异，才进的宁大。怪不得慕林白随便学学，就能学得很好。人家底子就是比自己强。她真心说："你真厉害！那你为什么不考南江大学的研究生呢？"

慕林白眯着眼："我想考研读博，然后当一名优秀的外科医生。"

但是，家里的态度那么强硬，他现在都不知道自己这个愿望会不会永远只能是愿望了。

李小康点点头："那你就加油啊！你成绩那么好，一定能够考上的！"

慕林白心里酸酸甜甜的。前路未可知，但幸好有小康的鼓励。目前，他只能走一步算一步了。他说："夜很深了。小康，你要不休息一下。"

李小康看出来慕林白情绪突然有点不好。她也没多想："好啊，慕学长，你也休息一下吧！"她的睡眠一向很好，往后一靠就秒睡了。

慕林白伤感了十几秒钟，然后醒过味儿，觉得自己这样强行中止话题不太好，准备再去找一个话题，侧过脸，吃惊地发现小康呼吸均匀，已然安睡，不由得愣了。小康这样就睡着了，这也太快了一点吧！

他静静地看着小康的睡颜，良久都没有舍得挪开目光。李小康睡相很不老实，头蹭过来蹭过去的，身体也在扭，像一只鱼在水里摆来摆去，似乎是想要找到一个舒适的位置。过了好一会儿，李小康向旁边一滑，头就搭在了他的肩上，还蹭了蹭。

慕林白身体顿时就僵住了，心狂跳不止。第一次跟一个女孩子靠得那么近。他觉得自己的心都要跳出嗓子眼了。李小康呼吸出来的热气就在他的颈边，而她顺滑的长发时不时地滑过他的皮肤……慕林白感觉有一团火在心里剧烈地燃烧起来，烧得自己浑身都发烫。他觉得车厢里简直太热了，汗珠子不住地往外冒。但他只敢维持这个姿势，生怕动一下，李小康就会睡得不舒服。

过了很久，慕林白觉得自己都要成石头了。他一直没有移开眼神，伸出舌头舔了舔自己的嘴唇，一只手轻轻地从口袋里，掏出手机，调出相机自拍功能，然后拍下了这一幕。

他端详了一会儿照片，只见照片上小康就这样靠着自己熟睡着，心里莫名激动。

这一刻，他觉得非常非常地幸福。

李小康模模糊糊地醒来，觉得脖子酸疼，头动了动，伸手揉了揉，眼睛慢慢地睁开，发现自己靠在了慕林白的肩上，吓了一大跳，立即彻底清醒了。她赶紧离慕林白十厘米远，很不好意思："慕学长，我不是故意的。"

靠着她座位的还有人，再远一点，李小康也做不到了。

慕林白心想，故意的更好。他说："不要紧。"他的肩膀都麻木了，连手臂都抬不起来了。他轻轻地抖了抖手臂，"你再睡一会儿吧。"

李小康站了起来："不了，我回家再补觉吧。我去洗把脸。"她拿出了自己的杯子，又看见慕林白的杯子空了一半，顺手也拿起，"我来打水。"

慕林白拦住了，将两个杯子都夺了过来："这些事就交给我吧！你先去。你回来了，我再去。"见李小康没走，他说，"快到绩溪了。你再不过去，卫生间门就要锁了。"

李小康这才去。

慕林白看着她往前走,消失在人群里,揉了揉肩膀,再用力地抖了抖手臂。等不麻了,他又掏出手机,去看那张照片,这可是他跟小康的第一次合影呢!他要好好地留着,要留一辈子。

第五章 守夜

DI WU ZHANG

SHOU YE

第五章 守夜

凌晨四点半,火车到站了。

慕林白跟李小康下了车,只见天还是黑的,有风,有几分凉意。李小康说:"现在还没有公交车,我们要走过去。"

慕林白有点奇怪:"你家里人怎么没来接你?"一个女孩子四点多到,按照常理,应该是有家人接站的。

李小康不想透露太多,遮遮掩掩地说:"没事的。我一个人习惯了。再说奶奶年纪也大了。我就没告诉她,我早上到。"

慕林白很自觉地不问了。家家都有本难念的经。他说:"那要不我们先找个地方吃点东西?我想吃点热的。"

李小康一点都不饿:"慕学长,现在太早了,早点铺子都没有开门。要不,你先找个地方住下来吧,汽车站附近有很多吃的,我们走过去,你先住下来,然后再去吃早饭。时间刚刚好。"

吃了慕林白那么多东西,她已经打定主意,要管慕林白今天的饭了。好在她爸爸虽然对她避而不见,但是生活费还是给得足的。

从小到大,她缺爱,但是不缺钱。

慕林白也不是真要现在就去吃早饭,只是想跟李小康多待一会儿:"好啊,我们一起去找吧!正好帮我参谋一下。"

李小康点头:"好。"

两个人并排走着,有一搭没一搭地说着话。

清晨的徽城街道很安静。慕林白侧过脸去看小康,只见她的神色很柔和。这一瞬间,他突然觉得,要是能这样,与李小康一直走下去就好了。

两个人在一起不需要说太多的话,只要她能在他的身边,那就是静好芊绵的岁月。

夜车下来,慕林白一点也不觉得累,反而很兴奋,李小康却有了倦意。在汽车站附近的小面馆里,李小康要了两碗笋干肉丝面,抢先付了钱。她一边吃,一边打瞌睡,眼皮都快要糊在一起了。

慕林白三下两下吃完:"我送你回家吧。"

李小康没精神,再草草地吃了几口,就不吃了:"好啊,我想回去睡一下。"

她的家离这里不远,很快就到了。那是一个老旧带了一个大庭院的自建两层楼,就在街边上。李小康掏出钥匙去开大门,却发现锁怎么都打不开。试了几分钟,李小康急了:"怎么会打不开啊?"

慕林白没有走,一直留在旁边:"你再试试看。说不定是锈掉了。"

第五章 守夜

李小康再试了一会儿，还是不行。奶奶没有手机，她赶紧掏出手机，拨打了家里的固定电话，然而她连续拨了三回，等了好一会儿，没有人接。李小康很着急："锁打不开，电话也没人接。这个点儿——"她看了下时间，是六点多。她松了口气，不急了，"没事。我奶奶应该是出去卖菜了。我们家院子大，奶奶种了很多青菜和萝卜。吃不掉的，她都拿到菜市场上卖了。一般都要九点多快十点才能回来。"

慕林白说："那要不你去我房间睡一下。哦，你放心，我到外面逛逛。"

李小康一着急，这会儿困意倒没了："不了。我去菜市场找我奶奶。菜市场离这里不远，走路一会儿就到。慕学长，你先回去休息吧。"

慕林白立即说："我陪你一起去吧，你一个女孩子不安全。"

看出来慕林白是真的很关心自己，李小康心里一暖，笑着说："没关系的。我从小就是在这里长大。这儿我熟，我闭着眼睛都能走到菜市场。"

慕林白说："我还是陪你过去吧，等你找到你奶奶，我就走。"

两人便又走到菜市场，在那里转了好几圈，李小康却没找到奶奶。她发急了，又去打固定电话，然而，还是没有人接。

这个情形不对，从来没有过的。

慕林白提醒："你爸妈呢？你可以打他们的电话。"

李小康低垂着眼："我很小的时候，爸爸妈妈就离婚了。

妈妈离开徽城了，以前还来看我，后来她再婚了，我就再也没有看见过她。爸爸和妈妈离婚后，马上就和阿姨结婚了，两个月以后，我就多了一个弟弟。有了弟弟以后，我就很少再见到爸爸。我一直跟着爷爷奶奶。爷爷几年前走了。我在这世上就只有奶奶一个亲人了。"说了没几句，李小康就是边哭边说了，最后蹲在地上，低着头抽抽噎噎地哭着。

慕林白看着很心疼，叹了口气。

父母离婚给孩子的伤害几乎是毁灭性的。而且这样的伤害不会因为时间的流逝而淡去，而是会在孩子心里结痂，一辈子都存在。怪不得李小康几乎会避开所有的男人！

她父母那一辈的感情纠葛对错暂且不论，但李小康是纯粹无辜的。她被动地来到了这个世上，却得去承担别人的错误。

何其不公！

他伸出手，在离小康肩膀几厘米的地方停顿了一下，然后鼓起勇气伸了过去，扶起了她："小康，现在不是哭的时候，要不，你先打电话给你爸爸。要是再没有你奶奶的消息，就要报警了。"

但是李小康打了好几次，她爸爸的电话都是关机。她强迫自己冷静下来："我们再回去看看，问问我家旁边的人。要是没人知道，我们就报警。"

慕林白说："好！"

两人又折回来，李小康发现大门开了，赶紧冲进去："奶奶！"

李奶奶正打了盆水，在院子里的井边洗青菜。她脸色有点白,看到李小康,眼神里满是惊喜:"小康,你回来了?你前两天不是说要下午才到吗?"她站起来,身子晃了下,双手交叉搓了搓。

李小康松了一大口气:"奶奶,我刚才找你找了一圈,你去哪里了?"

李奶奶笑着说:"我去买了你喜欢吃的肉包。在里面桌子上,你快去趁热吃了。"她说话时,呼吸急促,手在围裙上擦了下,然后揉着胸口。

慕林白站在门口,看到这一幕,赶紧走进来:"李奶奶,你是不是觉得胸闷?"

李奶奶就去看李小康:"他是?"

李小康说:"哦,他叫慕林白,是我的学长,路上碰到的。他来我们这里玩。"

李奶奶往前走了一步,觉得眼前黑蒙蒙的,头很昏,脚上没劲,扶着井边的石栏杆才勉强站住了。

李小康和慕林白赶紧都跑过去,一左一右地扶住李奶奶。慕林白神色凝重:"小康,我们送你奶奶去医院。"

李奶奶说话都很吃力:"不用了,年纪大了,歇会儿——"话到这里戛然而止。李奶奶捂着胸口,神色痛苦地往旁边一倒。

慕林白暗叫不好,和李小康去扶李奶奶。他扶着李奶奶靠着他,维持坐姿,简单地查探了一下,发现李奶奶的呼吸脉搏还在,就问:"你奶奶身上有没有常年备的药?"李奶奶看上去像是冠心病发作。

李小康说:"有!"她赶紧从奶奶口袋里掏出一个小瓶子,倒了一片白色的药片出来,塞到了奶奶舌头下,"也不知道是什么药,奶奶一直不肯告诉我。反正要是胸口疼,奶奶含一片坐一会儿就可以了。有时候她疼得厉害些,就隔五分钟再含一片。"

慕林白判断这药是硝酸甘油片,喊了几声李奶奶,发现她还是昏迷:"打电话给120吧!你奶奶昏迷了,这种情况一定要及时送医院。"

李小康赶紧拨打了120。

十分钟后,救护车赶到了。有急救医生接手,慕林白这才松了一口气。他发现自己紧张得出了一头的汗。

李小康递过来一张餐巾纸:"慕学长,擦下汗。"她叹了口气,"我爸爸电话还没有打通。"这是大事,她得通知她爸爸到场。

慕林白说:"我们先去医院。你有钱没有?不够我借你。"

这个时候,也顾不上客气了。李小康说:"好啊,谢谢你!我卡上有六千。不够再问你借。"

李奶奶是冠心病发作。医生在做了一系列检查之后,考虑到她的状况,建议立即置入冠脉支架。

李小康一直没有找到她爸爸,就自己在手术单上签了字。她的钱不够,好在慕林白卡上有钱,这才在几个小时内凑足了医疗费。

中午十二点,李奶奶被推进了手术室。

第五章 守夜

慕林白一直陪着李小康,说:"小康,你不用太担心。现在支架手术发展有十来年了。像你奶奶这种手术,短则三天,多则五天,就可以出院了。我看过不少这方面的资料,预后效果还可以。"

李小康说:"谢谢你。"她已经说过很多次谢谢了。除了不停地说谢谢,她不知道怎么表达她的感激之情。

慕林白笑笑:"不用说谢谢。我们不是好朋友吗?朋友之间互帮互助是应该的。"小康现在不排斥他了。他就慢慢追好了,从朋友开始做起。他相信,总有一天,他能打动她的心,让她接受他的靠近。

李小康点点头。她握着手机,继续拨打她爸爸的电话:"等我找到我爸爸,就把钱还给你。"

可从早上打到中午,她给爸爸打了不知道多少个电话,但就是打不通。

慕林白说:"不着急。"家里的零花钱是按月给他的。从小到大,他除了买书和简单的日用,就没怎么花过,攒下来的钱可真不少。

李小康不好意思地说:"慕学长,那怎么行!好几万呢!还有,耽误你旅行了。等下次,下次我有空,我陪你四处转转。西递宏村、黄山齐云山,都值得一去。"

这次,她欠慕林白的人情欠得太大了,大得都不知道怎么还才好。

慕林白眉眼都是温润的笑意:"好啊,那就一言为定!"他站起来,"你坐会儿,我去买午饭。"

李小康抬头看看手术室屏幕上"手术中"三个红得晃眼的字，忧心忡忡，眉心微蹙："不用了。我吃不下的。"而且不能再让慕林白花钱了。

慕林白就劝着她说："我知道你担心，但是你也得注意你自己的身体啊，多少吃一点。你奶奶还需要你照顾。你不用担心钱，算我借你的好了。"

慕林白是雪中送炭，李小康很感动。她侧过脸，去看他，真挚地说："慕学长，真的是太谢谢你了！你人真的很好很好！"

本该在的爸爸缺席了，反倒是才认识一个多月的慕林白伸出了援助之手。而且前段时间，她还那样伤过他的心。没想到，慕林白很大度，不计前嫌。

感受到李小康的眼神里多了几分温度，慕林白精神振奋，笑着说："小康，你想吃点什么？"

李小康说："随便吧。"

慕林白说："随便是最难买的。这样吧，我们吃的简单一点。刚才我在路上看到附近有不少小饭店，我去买两个菜，打个汤，再要两份饭好了。"

李小康忙说："不用那么费事。门口第三家我吃过的。我要一份青椒香干盖浇饭。"这个是那家店最便宜的，四块一份。

一听就知道李小康是捡便宜的吃。慕林白笑着说："青椒香干肉丝怎么样？也差不了两块钱。不用太省。"

被看穿心思，李小康有些羞赧地半低下头，轻轻地笑了笑："好啊！"

第五章 守夜

很快,慕林白就买了饭回来,还带了两瓶红茶饮料和两瓶矿泉水。他把李小康那份饭递过去,又拧开了红茶饮料的盖子,放到她旁边:"喝点水吧,你上午都没时间喝。"

李小康的确很渴,一口气喝了小半瓶,然后开始吃饭。慕林白也打开了自己的饭盒,吃起来。他点的是番茄牛腩盖浇饭,吃了两口白饭,再吃了一大口菜,然后被辣得剧烈咳嗽,弓着身子咳得眼泪都快掉下来。

李小康说:"慕学长,你怎么了?"她赶紧去轻轻地拍慕林白的背。

慕林白辣得不行:"水。"他余光瞥见红茶,赶紧拿过来,咕噜噜地一口气喝干,这才缓过来,"怎么连番茄牛腩都是辣的啊!"

李小康说:"我们这里菜的口味都比较重。要不,我晚上给你做吧,做得清淡一点。反正我也要给奶奶做的。慕学长,你喜欢吃什么呀?"

支架手术之后六个小时就可以吃饭了。她打算等奶奶出来,就去超市买点小米,掺在大米里熬粥。

慕林白手里捏着红茶饮料,才想起来这瓶就是刚才小康喝过的。而且,小康说要做饭给他吃。今晚,他可以吃到小康亲手做的饭,简直是太幸福了!他的脸慢慢地红起来:"我不吃辣,其他都吃。"

两个多小时以后,李奶奶就被推了出来。手术非常成功。李奶奶被推进普通病房,慕林白抢着去帮忙,按压李奶奶手腕处的伤口。支架手术穿刺的是桡动脉,所以他需要按压两个小时,中途还不能换手。

三张病床的病房病人和家属挤了一屋子,很嘈杂。空调又没有开,维持一个姿势一个多小时后,慕林白的额头上都是汗珠子,只觉得自己都要僵掉了。李小康很感动,拿着餐巾纸替他擦汗:"慕学长,你要不要喝水?我喂你喝。"

慕林白顿时觉得再累都是值得的了:"好啊,我喝矿泉水。"

李小康拧开盖子,挨着慕林白站着,喂他喝。

慕林白几乎能感受到李小康的体温,余光瞄过,可以看到小康长而浓的睫毛在轻轻扇动着,心是一通狂跳,不仅脸红了,连耳根子都红了,不知不觉一口气喝掉了半瓶水。

李小康放下了矿泉水:"还要吗?"

慕林白说话都不利索:"不——不要了。小康,你先回家。你还要给你奶奶熬粥呢!这里有我。"

手术是全麻,李奶奶中途模模糊糊醒来一下,然后又睡着了。

李小康看奶奶情况稳定了,也放心许多:"那好,麻烦慕学长了。"她先去了超市,买了东西,然后在家里忙活了两个小时。她把奶奶和自己换洗的衣服收拾了出来,用袋子装好,又拿了脸盆、毛巾、牙刷等日用品,又抱了两床薄被子放进行李箱里。她简单地吃了点,然后就拎着两个保温桶,背着书包,拖着行李箱去医院了。

等到了原先的病房,李小康没看到她奶奶,赶紧打电话给慕林白:"慕学长,你们在哪里啊?"

慕林白说:"换到单间了,在2号病床。"

李小康很快就找到了,推门进去,就见奶奶平躺在床上,还在睡着,心电监护已经撤下了。慕林白说:"刚才医生来过了。说你奶奶情况不错。我看普通病房人太多,怕会吵到你奶奶,所以就做主换到这里来了。你不用担心钱,只要奶奶能快点好起来,多花点钱算什么呢!"

单间的条件不错。李小康打量了一下,有独立卫生间、电视机、陪护床,还有小阳台,跟小旅馆似的。她把东西放下,打开两个保温饭盒,将上头一层全部取出来,然后再把其中一个放粥的盖起来:"慕学长,你来吃饭吧!"

慕林白问:"小康,你不吃吗?"

李小康笑笑:"我在家吃过了。慕学长,我随便做的,不知道你喜不喜欢吃。一个是木樨肉,一个鱿鱼炒芹菜。哦,我把家里的锅洗了好几遍,没有放一点辣。"

慕林白凑过去看,两个菜做得清清爽爽,而且配色很漂亮,尤其是那份鱿鱼炒芹菜,肉色的鱿鱼,绿色的芹菜,还有红色的胡萝卜丝,看起来很漂亮。他说:"你怎么知道我爱吃海鲜?"

李小康抿嘴一笑:"猜的。"她把筷子递过去。

小康也挺关心自己的嘛!慕林白很高兴,接过筷子,就赶紧去夹了一块鱿鱼吃,很香很鲜。他又吃了一口木樨肉,也很鲜美。他连连说:"真好吃,真好吃!"要是他能一直吃下去就好了。

李小康笑着说:"慕学长喜欢就好。我没有放味精,我放了点糖提鲜。"她赶紧收拾房间,将物品整理好,又把被子衣服放在陪护床上,"慕学长,你等下把宾馆退了,去我家休息吧!反正我要在医院守夜。你可以住在我爸爸的房间。"小旅馆一天要八十块呢!她能替慕林白省一点是一点。

慕林白正吃得香,他都差不多吃光了饭菜,听了最后一句差点被饭噎住。小康都陪她奶奶在医院了,他当然要留下来好好表现。他说:"我今晚还是留下吧,你奶奶刚做好手术,是最需要人照顾的时候。多我一个,我们两个还可以轮流休息一下!"

李小康说:"不用了,太辛苦了。"

慕林白笑笑:"没什么啊,反正我将来要做医生。医生哪有不值夜班的。就当我提前练习好了。"

李小康还要劝:"可是——"

慕林白笑着将房卡和身份证递给小康:"你等下要把饭盒带回去吧,麻烦你顺带把我房间退掉。"李奶奶住院几天,他就照顾几天。他不仅可以有更多的时间和小康在一起,还能多刷点小康对他的好感度。

李小康说:"好!"她犯了愁,"我还是没有打通我爸爸的电话。我在家里找到了他家的固定电话号码,也打不通。"奶奶放在家里的电话号码本上,没有留阿姨的电话。爸爸又是独子,爸爸这边没有其他亲近的亲戚。而妈妈那边的亲戚,很早就全部断了来往。要是没有慕林白在这里,她早就慌了。

慕林白说:"那就等你奶奶醒过来,她肯定知道你爸爸的

第五章 守 夜

电话。"

李小康收拾好了饭盒："只能这样了。慕学长，我把你的行李也拿过来吧！"她抬起半低着的头，看着慕林白笑笑，又低下头，真心实意地说："慕学长，你人真好。真的。"

她这句话说得很轻柔，就像幽然吹过湖面的晚风。

慕林白整个人都酥倒了半边，摸了摸脑袋，露出傻乎乎的笑容："没事，没事，举手之劳。"

又过了半个小时，李奶奶醒过来了，挣扎着要起来。李小康赶紧拦着："奶奶，你还不能起来。心脏支架手术后要平躺六个小时。现在时间还没有到。"

慕林白拿着棉签蘸了温水擦了擦李奶奶干裂的唇："小康奶奶，等到快八点，就可以喝水吃饭了。小康熬了青菜肉末粥呢！"

李奶奶的目光有点飘，扫过慕林白，落在李小康脸上，有气无力地说："你爸爸呢？"

李小康说："爸爸手机还有他家里的电话都打不通。奶奶，是不是爸爸换号了？"

李奶奶这才想起来，很虚弱地说："哦，你爸爸他们出国旅游了，好像是去美国，今天走，要去玩十天。"

这就难怪打不通电话了。爸爸他们应该在飞机上。李小康稍稍放心："那我明天再打电话好了。奶奶，你先躺着养养神。"

李奶奶看到一直黏着小康的慕林白，有一肚子话想要问，但又不好问得太直接："小康，你朋友晚上在哪歇啊？"

李奶奶说的是带方言味儿的普通话，慕林白听明白了，自告奋勇地说："小康奶奶，我没什么事的，今晚我也留下来帮忙。"要是能让李奶奶对自己有好印象就好了。

这话说得李奶奶有些不放心了。她强撑着笑："今天的事谢谢你了。不好太麻烦你。小康啊，你送送你朋友。"她直接下逐客令了。

慕林白赶紧笑着说："小康奶奶，我一点都不麻烦的。这里就小康一个人，真忙不过来啊！我是小康的学长，将来也会是医生，真的做不到管了一半就不管了。"

李小康看看奶奶，又看看慕林白，咬了咬嘴唇，声音很低："奶奶，今天幸亏是慕学长在呢！"她眼神有点躲闪，话才说出口，脸慢慢地红了。

李奶奶看了李小康一眼，轻轻地叹了口气，就不说话了。

慕林白只觉得有无数柔柔的柳条轻轻地拂过心湖，目光灼灼地看着李小康，笑得阳光灿烂。

深夜，李奶奶睡熟了。慕林白与李小康隔了三十厘米远，并排坐在陪护床上。慕林白有点紧张："小康，要不你先睡一会儿。我再坐一坐。"

只有一张陪护床，总不能两个人都躺吧，还有好几天呢！今晚就凑合一下，慕林白决定明天再买一张小型的折叠床来。

李小康精神放松下来后，很疲惫，眼神都蒙蒙的，却强打精神："慕学长，还是你先睡一会儿吧！我不困。"说着，她的声音都含混不清了，打了一个哈欠。

第五章 守夜

慕林白站起来:"小康,你还说你不困。这样好了,你先睡一会儿,到三点,我再喊你好了。别客气了。明天还得照顾你奶奶呢!"

李小康眼睛都快睁不开了,懵懵懂懂地说:"好啊!"她的睡眠质量一向很好,躺下挨着枕头后立即睡着了,连被子都忘了盖。

慕林白便轻手轻脚地给李小康盖严实了,然后把病房里的灯都关了。他没有坐病床边的凳子,而是坐在陪护床的床沿上。走廊的灯光穿过门上的玻璃透进来,慕林白可以看清楚小康的睡颜,她的脸蛋就像水豆腐,白白的、嫩嫩的。他清楚地听见她均匀的呼吸声,也清楚地听见自己那跳得很快的心跳声。

慕林白伸出手,想去摸一摸小康的脸,可手伸到离她三厘米的地方,突然听到李奶奶的咳嗽声,顿时屏住呼吸,像被静电电到了一样,赶紧把手缩回来。他的气息有些不稳,立刻站起来去看李奶奶,发现她还是睡着的,这才松口气。他又坐回来,慢慢地伸出手,可在离小康的脸一厘米的地方,他停住了,另一只手赶紧打掉那只伸出去的手,在心里骂自己,怎么可以这样唐突小康呢!

慕林白强迫自己冷静下来,站起身,快步走到小桌子边,拎起热水瓶,倒了半杯水。他端起杯子就喝,舌头被烫了一下,顿时倒抽了一口冷气,连忙放下杯子。

这时,陪护床上有了动静,李小康蹬了两脚,把被子都踢掉了。慕林白赶忙去给盖上,手不小心碰到了小康的肩,赶忙缩手。他呼吸更加不稳了,觉得病房里实在太热,热得他都要冒烟了。

慕林白不敢再在床沿上坐了,就坐在病床边的凳子上。他掏出手机,就去看下载的医学资料。他挑最感兴趣的心胸外科的资料看。平时看得津津有味的资料,可他今天却一个字都看不下去。他看一行,就去瞄一眼小康,没多久,索性就丢开手机,专心地看起小康来,只觉得自己怎么看都看不够。

陪护床上,李小康向外翻了个身,被子有一半滑下来了。慕林白立即走过去,又替小康盖好被子。小康睡相不老实,脸又在枕头上蹭了蹭。慕林白看了,只觉得心很痒,好想变成枕头让小康随便蹭。他勉强镇定下来,又坐在凳子上。

可过了一小会儿,小康往里面滚了滚,又滚掉了被子。慕林白再站起来,继续轻手轻脚地盖好。如此这般,反反复复。慕林白常常是没坐一下,就要站起来,去替小康盖被子。在坐下来的空隙,去看一看李奶奶。

窗帘没有拉,白色的天光照了进来。慕林白掏出手机一看,已经五点多了。他没感觉到时光流逝,但天就飞也似的亮了。

他就这样帮小康盖了一个晚上的被子。

差不多有两个晚上没有睡了,慕林白并没有觉得疲惫,反倒精神奕奕。他看着小康还睡得很香甜,摸了摸自己的头,然后无声地笑起来。

他满眼都是温柔,满心都是甜蜜,欢喜得不得了,只觉得看什么都是顺眼的。

这样就很好了。

要是一直能这样,就更好了。

DI——LIU——ZHANG

YI——SHUANG——REN

第六章　一双人

第六章 一双人

到了六号下午,李奶奶出院了。慕林白帮着办完了所有的手续,又陪着李小康将李奶奶安顿好。

李小康的爸爸李文博带着现任妻子和儿子在外头旅游,好在把钱打了很多过来,又托人请了保姆吴嫂专门照顾李奶奶。

吴嫂是个不到五十的中年妇女,手脚勤快。又有慕林白和李小康两个人帮忙,她不到三个小时,就把家里收拾得井井有条。

吃了晚饭后,李奶奶靠在椅子上坐着。这几天,她一直在观察慕林白,见他鞍前马后地忙,态度松动了:"小康,奶奶这里没什么事了,你陪你朋友走走吧!他到我们这连街都没好好逛逛。"

李小康回道:"好啊!"

李奶奶又叮嘱了一句:"九点前回来。"

李小康还没说话,慕林白就喜不自禁地说了:"一定,一定!我们一定九点前回来!"现在才六点,他有三个小时可以和小康独处。他笑着抓了抓头:"正好我想买点特产回去给舍友们吃。想买好带一点的。"

李小康立即说:"那买烧饼好了,街上有好几家都有卖。"

只要能和小康在一块,做什么都是好的。慕林白笑着说:"好啊!都听你的。"

六点多,慕林白和李小康并排走在桥上。夕阳在青黛色的远山之间将落未落,散出红艳艳的光芒,倒映在江水中,半江都是红光粼粼,上下辉映,就如一幅上佳的山水画卷。

慕林白停下了脚步,看着远空:"小康,你老家真漂亮。"

李小康跟着停下了步子:"可惜时间不够了。要不然我可以陪你去景点看一看,然后去古村落走一走。好多画画摄影的人来我们这里画景拍照呢!"

慕林白微笑着说:"下次啊,下次我们再来好了。南京离这里也近。我查过时刻表了。我们可以周五坐车过来,然后周日晚上去市里坐夜车回去。早上六点到,打车回学校,赶得上周一八点的课。"

李小康点头:"是啊,最近,我是想尽可能多地回家看看奶奶。"

慕林白想去拉一拉小康的手,但是手往前伸了一点,又缩了回去,然后假装很自然地搭在栏杆上:"我陪你来好了,这里景色这么好。我不想走马观花的路过,你一个女孩子坐夜车也不太安全。"

李小康抬眼,慕林白沐浴在夕阳里,整个人似乎镀上了一

第六章 一双人

层薄薄的光辉,笑容温和如习习晚风。小康有一瞬间恍惚,想要答应下来,话在舌尖打了个转儿,却滚了回去。她舔了舔嘴唇,目光避开:"不用了。慕学长,你也忙。我一个人可以,不需要陪我的。"她往前走了一步,"我们走吧!"

欠慕林白的钱,爸爸虽然已经转过去了。但她已经欠下慕林白一份天大的人情,估计一时半会儿都还不上了。

已经麻烦他太多,小康真的不好再麻烦他了。

慕林白笑容满满:"小康,你不需要我陪,但我需要你陪啊!你刚才不是答应过我,要陪我好好逛逛你老家嘛!这里我有好多地方都没有去过呢!"反正,他会想尽办法黏着小康的。

熟悉到这地步,李小康也说不出拒绝的话,犹犹豫豫地说:"那……好吧!慕学长,我们先去买烧饼吧!那附近还有一家小笼包不错。慕学长,我请你吃。你肯定没吃饱。"

吴嫂炒青椒香干后没有洗锅,所有的菜都带了点辣,慕林白吃不惯,就只吃了半碗白饭,肯定没有吃饱。

慕林白的确没吃饱,准备顺路买东西吃。他惊喜,露齿笑着:"小康,你怎么知道!"他高兴得自己飘起来了,小康留意他的一举一动,还在关心他。

李小康抬起头,只见逆着夕阳光,慕林白下巴微微抬起,面容如玉,嘴角含笑,就像这个季节飘香的丹桂,拂来甜蜜的味道。他穿着白色的衬衫,被晚霞披上了淡淡的金光,衬得他唇更红齿更白。好像有一朵朵花次第在心头绽放,小康脸红了:"慕学长,明早还是我来做饭吧!我做的,你吃得惯。"

两人靠得很近,慢慢地走在桥上。慕林白侧脸去看小康,笑容直达心底："不用了，明早我们要赶火车呢！早上买点吃的，你可以多睡一会儿。"

李小康说："没事儿，这对我来说是很简单的事情。我做几个粿好了，要不了多少时间的。"她停顿了一下，转脸去看他，声音柔柔的，如扶风杨柳，"慕学长，你吃粿吗？喜欢吃什么馅的？素菜最喜欢吃什么？三个粿够不够？你的，我不放辣粉。"

这几天慕林白买早点的时候看到过，医院门口有卖粿的。粿比馅饼薄一点，却做得比馅饼大许多。他说："吃。素菜里面，我最喜欢韭菜。三个有点多，两个差不多了。"

李小康笑盈盈地说："不要紧，吃不掉路上吃。我们等下买好烧饼吃完小笼包，再去超市看看吧！"她打算给慕林白做韭菜虾仁馅的。家里还有虾仁，但韭菜没有了，她得去超市买。

慕林白只觉得心弦就像钢琴，有一双温柔的手轻轻地弹过，奏起了婉约欢快的歌声。他笑着说："好啊，正好我也要去超市买东西呢！"和小康在一起，他总是心情很好，总是笑着，总是满心都是没来由的欢喜。

他终于伸出手，慢慢地探过去，微微有点颤抖的，去捉小康的手。明明只有十厘米的距离，他却觉得好长，好像只要好不容易鼓起的勇气稍微少一点，他就跨不过去。他的心跳得越来越快。

李小康躲了一下，语气都不对了："慕学长，我们快走吧！"她的心里就像揣着一只小兔子，怦怦地乱跳着，羞涩地

第六章 一双人

连耳朵都红了。

慕林白脸也红起来,手不敢再伸了:"好,我们走快点。"

夕阳将两人落在桥上的影子拉得很长,几乎连在了一起。

很快就买好了烧饼。慕林白和李小康走到街上。这一条路,李小康走了很多年走了很多遍了,但今天走感受完全不一样。

她只觉得平时没有留意到的美丽景色突然呈现在她的眼前,就好像一直以为头顶是黑漆漆的夜空,一抬头却看到了漫天的烟花,那样的璀璨绚烂,一路盛开到她的心里;就好像是清寂的冬天悄然过去,睁开眼,就看到春日繁花,一朵朵密密地铺成锦绣的地毯绵延到天的尽头。

那么好,那么美。

路过贵妃凉皮铺子,李小康停住了脚步。这家店不大,开了很多年了,她很喜欢这家做的贵妃凉皮:"慕学长,你等我一下。"没等慕林白答应,她就跑过去:"两份凉皮,都要小份的,一份不加辣,一份多多加辣。"

老板娘笑眯眯地说:"放假回来了吧!"

慕林白赶紧跟过去,抢着要付钱:"小康,我来吧!"

李小康说:"慕学长,都说了,我请。"她一把抓住慕林白的手腕,"你再这样,我可生气了!"

慕林白只觉得一只温暖的小手紧紧地环着自己的手腕,仿佛有一团火苗燃烧起来,在他身体里肆意窜动。他侧过脸,就能看到小康离他十来厘米,而且小康的柔荑小手正握紧了他的手腕。他的脑子有一瞬间的空白，然后笑起来："好！"

他的笑容很暖，胜过今天的夕阳，看得李小康有些晃眼，呼吸乱了。她慌忙收回手，目光飘来飘去的："嗯。慕学长吃凉皮的吧？"

慕林白说："吃的啊！"学校门口小店里有，他跟着舍友吃过几次，谈不上喜欢，只是不讨厌。但今天这份凉皮不一样。这是小康请他吃的，他一定要吃完。

凉皮很快就做好了。慕林白接过，端着吃。这家做得的确不错，凉皮光滑绵软，味儿也足。他去看小康又倒了许多辣油进去，震惊了："会不会太辣？"

李小康吃了一大口，辣得抽了一口气，然后满足地舔了舔唇："辣才够味嘛！这家我经常来吃，以前和同学们一起来的。我每次吃一份，还要打包一份。慕学长，可惜你不能吃辣，前面有家煎毛豆腐也很好吃。我都是五块五块地买，喜欢放很多辣。毛豆腐是我们这里的特色小吃呢！慕学长，要不要吃吃看？可以不放辣的。"

慕林白一边吃凉皮，一边笑着说："好啊！"要不是他实在吃不了辣，他真想去尝一尝小康喜欢的这些很辣的小吃。

李小康很快吃完了凉皮，有些惋惜："慕学长，真可惜你不能吃辣。我们这里很多好吃的菜都是辣的。煎毛豆腐不辣的话，味道要差一点。"

慕林白笑着说："我觉得不辣的有不辣的风味。我老家那边的小吃大部分是海鲜，不辣的居多。我最喜欢的有两样，一个是蚵仔煎，外面酥软里头鲜嫩；另外一个是土笋冻，看着晶莹剔透，吃起来味道很不错！"

这两种，李小康都没有听说过。第一个听名字就知道是海鲜，第二个就不知道是什么。她问："土笋冻是一种笋子做的点心吗？笋子怎么做成晶莹剔透的样子呢？"

慕林白笑了："土笋冻里面没笋子，是海边的一种虫子做的，那虫子长得像蚯蚓。可好吃了呢！夏天我最喜欢吃了。我家阿姨做了一大堆，就放在冰箱里，我从里面拿出来，吃起来凉凉的，我一份接着一份吃，有时候一次能吃六七份。"

李小康神色有点古怪，慕林白居然喜欢吃虫子。

慕林白说得滔滔不绝，余光瞥见小康不是太感兴趣，赶紧掐住话头，换个话题："我们那水果也多。尤其是芒果，我最喜欢吃青皮芒。一口气能吃两三个。还有释迦也不错。果肉是乳白色的，特别香甜！我每次也要吃两三个。"

李小康在超市里见过青皮芒，个头挺大的，但释迦连名字都没听过。她说："为什么这个水果要叫这个名字？"

慕林白吃完了凉皮："因为长得像佛头啊！释迦啊，又叫佛头果，皮是青色的。每个大概这么大吧。"他比画了一下，"下次我回家带几个给你尝尝看，真挺好吃的！我老家那边海鲜多水果多，小康，你下次去我家那玩吧，我带你去吃个遍。"

李小康笑着说："好啊！"她看他时，眼睛清亮，就像是天上最亮的星子，熠熠有光。

七点多，广场的空地上有好多家小吃摊子，人声鼎沸，弥漫着烟火味儿。

慕林白说:"人真多啊!"

李小康说:"这里快到十点人都是很多的。"她对这一带很熟,一家家摊子指过去,"那家的粉丝煲好吃,那家的烧烤不错。不过,我觉得最好吃的是油煎毛豆腐。"她往前小跑,"走啊,慕学长,要排队的!"

毛豆腐的摊子旁有一圈人,围着锅现吃。李小康踮起脚:"来两份五块钱毛豆腐。一份多多加辣,一份不要辣,打包带走。"

阿婆忙得头都不抬:"放一个盒子可好?辣放一边?"

慕林白说:"好啊!"他个高,往前挤了挤,一伸手,就将钱递了过去。阿婆接过钱,麻利地把毛豆腐装进饭盒里,在盒子的一边放了辣,盖上饭盒盖,装进小塑料袋,又塞了两双一次性筷子进去,然后再递过来。慕林白接过塑料袋:"谢谢!"他往外头走两步,"小康,我们找个地方坐着吃吧!"

李小康有些不高兴:"慕学长,都说了我请。"

慕林白笑着说:"那你请我喝烧仙草奶茶啊!我记得医院附近就有一家奶茶店。前两天我还买了一杯喝过。"

刚才他们吃了凉粉,接着吃油煎毛豆腐肯定会口渴的。而那家店做得奶茶味道不错,环境也不错。两人坐在那里喝着奶茶,吃着东西,肯定气氛好。反正从这里慢慢地走过去,也就十分钟的路,近得很。

李小康说:"好啊,慕学长,说定了,一定要我请!"

慕林白点点头:"好啊!小康,也说定了,你就请我喝一杯奶茶。"

他们继续慢慢地往前走。街上来来往往很多人，很热闹。人群中，慕林白心里是满满的欢喜，只觉得轻软的风若有若无地拂过心头，带来清甜的感觉，好像是人间四月天的一树树花开，是秋日里期待已久的绚丽红叶，那样地温暖，那样地静好。

这世上有那么多人，每天有那么多场相遇。在这无数的相遇里，他遇上了小康，不早一步也不晚一步，正正好。他愿意就这样静静地陪伴在小康的身边，和她一直走下去，从锦绣年华一直走到白发苍苍。无论前面是什么，他都不会放手。他只知道，他只想和小康一路往下走。

两人说着闲话。慕林白唇边的笑容灿烂如最光耀的月华："小康，你知道从城楼门口到医院有多少步路？"

这个问题把小康问倒了。她说："没数过。我都是急匆匆地走过来的。"

慕林白侧过脸，看着小康，神色温柔："我数过，一共有一千三百一十四步。我走了十二分钟。"

这几个数字好像是一个隐喻，似乎预示着他可以和小康走过一年十二个月，走过一生一世。

李小康笑着说："时间应该是差不多。多少步就真不知道了，大概是这个数。"

慕林白余光瞥见附近有家花店，笑着说："小康，你先到奶茶店去吧！我有点事，十分钟后过去找你。"

李小康懵懵懂懂的："慕学长，什么事啊？"

慕林白笑容都要漫出来了："小康，你就在奶茶店等我吧！

我很快就过来。"

李小康点点头:"那慕学长,我在奶茶店等你啊!"她很快就走到了奶茶店,点了一杯烧仙草奶茶和一杯珍珠奶茶,挑了一个正对着门的座位坐下。

奶茶店装修得很雅致,店里播放着音乐。李小康慢慢地喝着奶茶,仔细地听,是《卡萨布兰卡》,正唱到"I love you more and more each day, as time goes by"时,慕林白推门进来。

他的手里捧着一大束白色的香水百合,百合中间插着一些满天星。

他是跑过来的,气息略有些不稳,带着些喘,笑容如徐徐清风,如朗朗明月:"小康,送给你。"

李小康一下子就愣在那里了。她懂花语。香水百合另外有一个名字叫卡萨布兰卡,白色的卡萨布兰卡的花语是伟大的爱。

而那一句音乐还在循环,李小康听得懂英文,那句的意思是"我对你的爱日甚一日,任凭时光流逝。"

一瞬间,李小康心动了,脸滚滚烫,就像是冰雪一点点融化成了春水,就像是春水一点点满起,在柔风里泛着阵阵涟漪。

她脑子有些空,喃喃地说:"慕学长——"

慕林白嘴角上扬,将花递了过来:"阿白!小康,叫我阿白!"

李小康接过花,羞赧地低了低头,抬起头飞快地看了慕林白一眼,然后又低下头去:"好啊,阿白。"

DI —— QI —— ZHANG

TONG —— XING

第七章 同行

第七章 同 行

南京的十月底，秋意浓郁。金风习习，林荫道梧桐叶坠落。慕林白与李小康一起下晚自习。月光下，两人踩着一地的落叶，留下了一串轻快的脚步声，回旋在清寂的校园里。

慕林白说："庾笃发信息给我。我们社团要出两个人参加志愿活动。后天是周三，有个活动是去南博做志愿讲解员。白天我们都没课，要不就那天去吧！解说词庾笃已经给我了，不长，晚上我就发给你。"

国漫社是全校最小的社团。麻雀虽小，但社团该有的活动得组织，该参加的活动也得参加。

李小康满口答应："好啊！正好我挺想去南京博物院看看呢！我特别喜欢青花瓷。"

慕林白去南博做过好几回志愿者了，熟门熟路："南博专门设有明清瓷器馆，我们去那里做讲解员好了。我跟庾笃打个招呼就成。"

李小康眼前亮起来："明清瓷器馆，那一定有永乐青花瓷了！我觉得青花瓷里，永乐年间的最漂亮。"

慕林白笑笑："好啊！那我们正好去看看。志愿讲解是九点到十一点，我们在附近吃点东西。我知道那里有一家咖啡馆不错。然后我们下午在附近走走。"

李小康有点犹豫："下午还是早点赶回来吧，马上要期中考试了！"

慕林白笑了："一天而已。偶尔放松一下嘛！你看我课也不少，我都没担心。功夫在平时，我们每天都认真学习啊，考试不会有问题的！"

李小康神色认真："我当然知道过肯定是没有问题啊，问题是我不想仅仅就是过啊！"她下巴微抬，"能考多高是多高嘛！"

慕林白对小康很有信心："考试简单，记下来就行了，小康，我看你都背下来了，高分没有问题的。我们那天吃了饭，出去走走吧！就我们两个一起嘛，难得的！"

李小康"咦"了一声，笑靥如花："不难得吧。这几个星期，我们不都是一起回徽城的嘛，都快要把我家城区走遍了！"

慕林白笑着说："在南京不是没有过嘛！小康，我想跟你走遍南京的大街小巷，吃遍南京的各色美食。"

如果可以，他愿意一生这样陪着她走。

李小康笑盈盈地："好啊！我的慕学长。"

慕林白笑容淡了一点。他的目光微微向下，抿了抿嘴，心里很失落。除了在奶茶店那次，李小康依然喊他慕学长。有时候，他觉得小康像是秋日里的晨雾，明明萦绕在身侧，却总觉得抓不住，仿佛一伸手，就散开了，最后在阳光下消失得无影

第七章 同 行

无踪。

他伸出两个手指,揉了揉眉心。

慕林白一向是淡定从容的,但遇到小康后,他再也淡定不起来了,一空下来,就不由自主地去想小康。有时候,很寻常的一件小事,旁人不经意的一句话,司空见惯的一处景,都能让他拐几个弯想到小康。

一天到晚,他在心上不知道想多少遍小康。

不见面,想见面,见了面,想下次再见,他看小康,总觉得看不够。好像只要他在她身边,就是看着,嘴角也会不由自主地上扬,心情就会不由自主地好起来。

他和小康在一起的时间总是过得飞快,明明每天都有几个小时,不算短,但是慕林白总觉得只是一眨眼的工夫,好像才在一起一会儿就要分开了。

慕林白总是患得患失。和小康相处的片段像是浮生一味闲,美好得像童话,仿佛不属于他,只是暂借来的。分开却好像是更真切的现实,冷冷的,好像是没有温度的手术刀。

到底在小康的眼里,他算什么?

是不是因为他对她有恩,小康内心拒绝,但又不好意思,敷衍他呢?

想到这种可能,一瞬间,慕林白心痛地揪起来。

李小康说出了"我的慕学长"后,脸腾地烫起来。她飞快地瞥了慕林白一眼,心跳得很快。幸好月光不甚明朗,灯光正是昏黄,慕林白没有发现她的窘态。她轻轻地咬了一下唇,她这是怎么了?怎么会脱口而出这样的话呢!

慕林白回过神来，勉强不失态："小康，我送你回宿舍吧！"

凭直觉，李小康觉得慕林白口气不对劲，但具体哪里不对，她也说不上来。她问："慕学长，你怎么了？"

慕林白看着小康神色无辜，心里更是难过得紧，移开了目光："没什么。"

也许回去睡一觉，蒙头睡一觉，他就不难过了。

本来就是他强求小康留下的，怎么也不肯放手的是他，他没资格要求她什么。小康就是不理他也是可以的。

他应该满足，现在每天都能看到小康，小康还会对他笑。这在以前是奢望。他真的应该满足，他不应该难过。

可是，他就是很难过。

李小康发现慕林白情绪一下子低落了，更茫然了："你到底怎么了，慕学长？"

慕林白听到小康一句一个"慕学长"，他不由得悲从心来，很勉强地说："真没什么。走吧！再不回去，就晚了。"他强笑了一下。

李小康停下来脚步，神色更迷茫了。

慕林白只看一眼，心里难过得不得了。

第二天慕林白没有像往常那样找李小康。一天下来，李小康不知道看了多少遍手机，可还是没有只字片语。可她又不好意思主动去找慕林白，只好不停地留意手机，情绪越来越低落。

第七章 同行

临睡前，小康心神不宁的，捧着一个手机，来来回回看了很多次。寝室里很安静，舍友们都已经熟睡了，而小康怎么也睡不着。她强打着精神，一会儿打开QQ，一会儿去看短信，再过一会儿又上人人网。可看来看去，她怎么也没看到慕林白的信息。

最后，她握着手机，迷迷糊糊地睡着了。她睡得很不安稳，夜里醒了好几次，每次都下意识地去看手机，然而还是没有收到慕林白一条留言。

周三，阳光灿烂，秋高气爽。

李小康的心情却是阴云密布。她懒得去食堂，就在宿舍里窝着，时不时地去看手机。快八点时，她总算收到了慕林白的短信。这条短信字不多，他很简单明了地告知集合的时间地点。李小康立即高兴起来，秒回了"好"，换上早就准备好的裙子，兴高采烈地出门了。

这次去志愿服务的有十六个人，除了李小康，还有另外一个女孩子。那个女孩子一看到李小康就跑过来了，挽起了李小康的胳膊，自报家门："我是隔壁师范学校的陶夭夭，学中文的！你叫什么名字呀？"

李小康看着人群里的慕林白，想走过去，但不好意思推开陶夭夭，敷衍地笑着说："我叫李小康，临床医学专业的。"

她的目光瞥过慕林白，今天的慕林白很奇怪，没有主动走过来。李小康只好默默地看了他两眼。

陶夭夭一脸惊叹，然后叽叽喳喳地说起话来："这个专业很厉害耶！我家庾哥哥也是这个专业的，他很厉害的！从小到大，学习成绩就比我好，我怎么努力，都学不过他！这里就我们两个女孩子，一起吧！对了，小康，你大几呀？"

李小康说："我大一。"

陶夭夭是真高兴，眉飞色舞地说："真巧啊！我也大一耶！我们学校大一课不多，一周就十六节。今天我一天都没课，就过来找庾哥哥。对了，你跟我家庾哥哥熟吗？他在学校里是风云人物吧！"

李小康说："是啊！庾学长挺不错的。"

陶夭夭一脸自豪，下巴高高地抬起："我就说嘛！我家庾哥哥以前就很厉害。他是我们学校的前十名呢！而且什么都好，我就没有发现我家庾哥哥有不会的地方。"

她说话的语速很快，声音挺大的，嚷得大家都听得到。

庾笃忍得青筋暴起："夭夭，你再吵，我就不带你去了！"

李小康说："夭夭，你跟庾学长说话吧！"她趁机脱身，直接朝慕林白走去。

慕林白这两天心情低落，明明有一堆话想和小康说，但是今天乍一见面，却不知道说什么好。

平日里他是一个很自信的人，但是到了小康面前，自信就分崩离析了，总觉得自己拼命想抓住但是抓不住什么，不知道到底该拿小康怎么办，近了，怕小康会拒绝；远了，怕小康不高兴。一颗心悬在那里，上上下下，浮浮沉沉。

李小康走近慕林白，扬起一个灿烂的笑脸："慕学长，早上好啊！"她很想问慕林白，为什么不发信息给她，但是她又不好意思问出口，就只好笑着。

第七章 同 行

一看到小康对自己笑,慕林白觉得一颗心都被融化了,也跟着笑了起来。好像只要看到小康的笑容,他就能把什么烦恼都忘了,心里暖融融的,就很满足了。

这个样子,真的不错。

至少现在,他可以光明正大地看着她笑,陪着她走。

慕林白笑着说:"小康,早上好。好像有好久都没有见到你了。"其实,昨天,他许多次地掏出手机,想要去找小康,可他胆怯了,打了一行字,又删掉,来来回回折腾了很多很多遍。

他真的很想去找她,很想很想,想得都快魔怔了,当真是一日不见,如隔三秋。

可是,一直都是他去找小康,一直都是。他很害怕,小康只是在报恩,其实心里已经嫌他烦了。

李小康点点头:"好像是很久了。"明明才一天多,不到两天,李小康却也觉得时间特别地漫长。

漫长得像是每一分每一秒,都是一种煎熬。

慕林白抿了抿嘴:"是吗?你也这样觉得啊?以后不会这样了。小康,以后不会了。"他的声音越来越低,"我老来打扰你,你会不会觉得我有点烦?"说这句话的时候,慕林白都不敢抬头去看小康。

李小康讶然:"慕学长,你怎么会这么觉得?"她飞快地瞧了慕林白一眼,低声说:"我从没觉得你烦呀!"

只用一句话,慕林白瞬间就被治愈了。

人到齐后,庾笃就招呼大家一起去搭公交车。陶夭夭回头一瞧，看到李小康旁边的慕林白，眼前一亮："庾哥哥，小康旁边的那个男生好帅啊！他是谁啊？"

庾笃没好气地说："夭夭，别花痴，有主了！"他拍了陶夭夭脑袋一下，轻轻地拍，就跟抚摸的感觉差不多。

陶夭夭又看过去，瞧着李小康和慕林白两个人的眼神就像黏糊到一起一样，秒懂："小康男朋友？感情真不错！"她又叹口气，"本来我还想和小康一道呢！现在肯定不能过去当电灯泡了，其他人我又不认识，得一个人了。"

庾笃瞥了她一眼，明明心里软了，口气却还是惯常跟她说话时的那样不耐烦："我不是人啊！真麻烦，早知道不带你了！行了行了，跟着我好了！别瞎跑，大城市人多，你走丢了，我回头还得去找，更麻烦。"

他的意思是关心，但说出来的话，却很不中听。

庾笃一向在女孩子面前都是风度翩翩的，即便是要分手，也是分得温文尔雅，让对方分了之后还惦记着。程浩和管鸿还是第一次见到他这么没好脾气地跟一个女孩子说话，不由地很奇怪，齐刷刷地留意这边的动静。

陶夭夭习惯了庾笃恶劣的语气，像往常一样叽叽喳喳的："庾哥哥，你在关心我吧！你就放一百二十四个心，我会紧紧跟着你的，一步都不离开你的视线范围，保证不会丢。"她嗤嗤地笑着，眼睛亮得不得了，"庾哥哥，我觉得你就是我的太阳耶，我是地球，天天绕着你转悠，好不好啊？"

庾笃嘴角微抽，想笑，但是拼命压住，更加没好气地说："什么太阳地球的！给你的讲解词背好了吗？可别到时候紧张得忘

第七章 同 行

词，给我丢人！"

陶夭夭说："都背熟了。我自己在宿舍里练了好多回了，绝对不会忘词的！庾哥哥，你不用为我担心啦！我搞得定！"

瞧着庾笃和陶夭夭两人的互动，程浩和管鸿都瞧出了一点端倪，交换了一个眼神，自动离得远了一点，然后"嘿嘿"地笑起来。

志愿活动的时间不长，结束后，慕林白就带着李小康往旁边走去，不一会儿就走到一家小咖啡馆外。

李小康抬头看看，咖啡馆的招牌是做旧的，上面写着"随风而逝"四个黑字，底下是一行花体英文"Gone with the wind"。她说："这是《飘》的英文书名吧！我高中时看的书，后来还找了电影看！"

慕林白笑着说："我是反过来的，先看电影，再看的小说。我就是无意中看到咖啡馆的名字，才走进去的，发现里面东西做得不错。"他推开门，让小康先进去。

两人挑了窗边的桌位坐下。里头不是很大，装修是民国风，家具都是红木色的。放着的轻音乐恰好是电影《卡萨布兰卡》里的插曲。

那次在奶茶店听了那首《卡萨布兰卡》后，李小康把电影找出来看了一遍，还去听了电影里所有的歌曲。她很肯定地说："是 as time goes by。"这首歌歌词翻译过来的大意是：尽管时光飞逝，两个人永远不能相守，但爱永远存在。

慕林白也听出来了，点点头："里面的歌挺好听的，就是电影结局差了一点，要男主角目送女主角与她的丈夫一步步离去。真心虐啊！"

　　李小康笑盈盈地说："电影小说都是这样的，要不然怎能让看的人记忆深刻？"她低头想了一下，"以前背过白居易的诗，里头有一句是'世间好物不坚牢，彩云易散琉璃脆'。大概这个世上最美好的东西都是很难长远的，留下的只能是一段温暖的记忆，有段回忆也就够了。"

　　慕林白笑着说："我倒是觉得世上美好的爱是可以永远的，我记得白居易的一句诗，'老来多健忘，唯不忘相思'，里头的意思多好。"

　　等到他暮年，白发苍苍，也许会忘了很多很多事情，但是他想，他一定不会忘了他一生所爱的小康。

　　慕林白说完就打开面前的菜单："小康，你想吃什么就点吧！我吃过这一家的蓝莓松饼，喝过焦糖玛奇朵，味道都不错。"

　　李小康面前也有一个菜单，只是菜单每样的后面没有价格。她翻了几下："我想喝红茶牛奶，再尝尝蓝莓松饼。"

　　慕林白点头："我要一个水果比萨，再来一杯焦糖玛奇朵。"

　　李小康抬起头，笑着说："慕学长，我发现了，你爱吃甜食。小心三高哟！"

　　慕林白抬头，瞧着李小康，一颗心暖得就像是沉醉在春风里："甜食少吃一点不要紧，又不是当饭吃。反正我会算卡路里。吃完了，大不了去操场跑几圈咯！"说完，他放下菜单，

第七章 同 行

站起身，走到吧台那点了这几样。

很快，他就走回来："我还要了两份酸奶布丁，还有一份黑椒牛肉比萨。"他顿了顿，"知道你喜欢吃辣的，特意叮嘱做得辣一点。"

这几次去徽城，李小康都照顾他的口味，锅洗了又洗，绝对有两三个菜是不辣的。这个细节，慕林白回想起来，心里就很暖。

李小康也很高兴："慕学长，下回去我家，我带你去吃馄饨。我们那边有一家馄饨做得特别好。配上刚炸好的油条，再来两个肉包子，可好吃了。吃完了，我们再走走。十一月初的时候，江水有半满吧！枫叶正红着，渔梁坝那边很漂亮。"

慕林白笑着说："好啊！"

其实，不论去哪里都是好的，只要有小康陪着，他的心就是定的。

下午两点多，秋光正绚烂。慕林白带着李小康走上了明城墙。脚下是几百年的城墙，而不远处就是现代的南京，车水马龙，很是喧嚣。

李小康抚着城墙，看着远处："今天在瓷器馆，看到那么多青花瓷。那一刻，我有穿越时空的感觉。真的很想知道那些瓷器曾经主人的故事。可惜，那么多年过去了，那些瓷器还在，那些故事没有留下来多少。"

历史沧桑，往事如梦。过去的岁月里有过那么多的人，有过那么多的故事，最后能留在这个世上被记住的，也不是很多。

　　绝大部分人的消失，是彻底的消失，几代以后，连只字片语的记忆都不会留下，仿佛那些人从未在这个世上存在过一样。

　　慕林白笑了："我觉得没有什么呀！至少当时，那些人知道他们自己存在过，至于留不留的下来故事，也不是他们能说了算的。所以我觉得过好每一天吧！"他看了小康一眼，心湖澎湃，舔了舔嘴唇，再一次鼓起勇气，"过好生命里，有你的每一天。小康，你——"慕林白很紧张，脸涨得通红，手心直冒汗，"小康，我们再——再走走吧！"

　　他最后，还是差一点勇气，不敢说出口。

　　李小康猜到了一点，脸也红了，故意更加镇定："好，那我们再走走。"

　　在阳光里，在明城墙上，两个人说着话，一起走。一步一步地，他们走得很慢很慢，似乎都想让相伴的时间更久一点，想在不可预知的漫漫光阴里留下更多的温暖，想让他们的故事可以很长很长，最好他们的故事能长到此生的尽头，最好除了死别，其余的都不能分开他们。

DI — BA — ZHANG

SHE — TUAN — XUN — LI

第八章 社团巡礼

第八章 社团巡礼

期中考试是随堂测验或者提交论文。到了十一月中旬,各科都考完了。李小康果然门门都考得非常出色。十一月下旬,校园里的梧桐叶落了大半,而一年一度为期一个月的社团巡礼开始了。

学校的社团五花八门,有几十个,都会在这段时间里密集地举办活动,展示每个社团的风采。校园 BBS 上会辟出专区,让全校学生进行投票,最后根据投票情况选出十佳社团。等十二月中旬,在学校大礼堂集中展示社团的节目,然后给十佳社团颁奖。

李小康一直惦记着这事。国漫社太小,十佳肯定是拿不到,但可以趁机提升人气,多招揽一些志趣相投的同学。医学院里除了她和慕林白,没有喜欢国漫的,不代表其他院系里没有。

夜里慕林白与李小康一起下自习,漫步在林荫道上的时候,李小康笑着说:"慕学长,今年社团巡礼晚会,我们也报名参加吧!节目我想好了,穿汉服,邀请两个同学一起去跳舞，背景音乐用周杰伦的《东风破》。"

慕林白说："会不会太麻烦了？本来我打算借教室，放几场国产动画电影。"

"这个想法也很好啊！其实我们一些国产的动画电影也很不错的！"李小康一脸兴奋："排节目不麻烦呀！程媛说她想跳。到时候她喊她男朋友过来看。还有陶夭夭也说愿意。"陶夭夭就是个自来熟，加了李小康的QQ，互留了手机号码，没事儿经常跟小康套近乎，然后拐弯抹角打听庾笃。

慕林白笑着说："陶夭夭啊！我跟管哥、程哥私下聊起来，都觉得鱼肚皮这回自己栽了都不知道。"

庾笃来来回回那么多女朋友，每隔一段时间就分手，分手了也不难过，马上就有新的，情绪也没有半点起伏。说好听点他就是云淡风轻，说不好听的，就是对那些人，他压根没上心。

真正动心的，对方的一举一动，一颦一笑，都能让人在心上百转千回地想。

李小康眉头微蹙："庾学长是不是又换了一个女朋友？"

慕林白说："是啊！今晚又不回宿舍了。"他摇了摇头，"哦，对了，是陶夭夭要你叫我去探庾笃的口风吧！你转告她好了，我去探过了，庾笃说只把她当妹妹看。"

很明显，庾笃没仅仅把陶夭夭当妹妹看，但是，这事儿得他自己醒过弯儿来才行。慕林白停顿了一下，"你还是说我没有问到吧！陶夭夭真想知道，让她当面问庾笃去。"

李小康说："这两个人到底是怎么回事啊！反正我看出来

了，陶夭夭对庾学长是有那么个意思的。听你那么说，庾学长也有意思，但是不承认，还在换女朋友。真心渣！"心里喜欢一个，身边抱着一个，庾笃不是渣男是什么！

慕林白摊手："我也搞不懂他怎么想的。这毕竟是他的私事。我们也不好多问。希望这两人少折腾一点吧！"

陶夭夭的学校就在隔壁，骑个自行车十五分钟就到宁大了。她的课不多，没事儿总是背个书包往庾笃身边凑。每一次她来，庾笃都找借口打发走正牌女朋友，乐颠颠地跑去陪。当然，一到陶夭夭的跟前，他的脸上就又自动挂上嫌弃的表情。

慕林白他们撞见过几次，庾笃对陶夭夭说话的口气那才叫一个差，呿三喝四的。他们私下里吐槽，亏得庾笃还好意思宣称自己是恋爱老手，真是没事瞎折腾！可别折腾过来，折腾过去，他把人折腾走了，才知道后悔。

李小康叹口气："陶夭夭的意思很明显了。真不知道庾学长到底是怎么想的。有想法就好好待她啊！没有想法，就说得清楚一点。这样算个什么事啊！这次社团巡礼节目的配乐，就是陶夭夭选的。她说庾学长跟她说过，庾学长喜欢周杰伦，她就选了这个。我跟她都喜欢中国风，她古文学得比我好，随口就能背很多诗词。"

国漫是小康的爱好，慕林白能理解。他想了想："汉服怎么办？不是太好买吧！不如我到网上去订。"

李小康说："不用了！陶夭夭说她来搞定服装。他们学校国学社人多，汉服秀都办了好几届了，有衣服。我们借来穿一穿，然后洗好还给他们。"她顿了顿，"陶夭夭虽然人咋咋呼呼的，但说到做到。"

既然是隔壁大学穿出去表演过的汉服，那衣服肯定是不错的。慕林白放心了，温和地笑着说："那好啊！这个月，我们国漫社陆陆续续放电影。然后报名参加最后的展示晚会。"

李小康开心地连连点头，眼睛亮过了头顶的星光。

国漫社放的电影在网上都搜得到，又是很多年前的老片，所以来看的人寥寥无几。李小康愁社团人气不旺。慕林白无所谓，只要能跟小康在一起，无论在哪里在做什么，他都是高兴的。

时间一晃而过。很快就到社团巡礼晚会的日子了。定在周日晚上六点。说好了下午一点半要彩排，可一点多了，还没有看到陶夭夭拿衣服来。李小康已经打了两个电话，但陶夭夭的手机一直是正在通话中。

慕林白说："要是来不及，我去买。"

李小康放下电话："衣服都要人去试的，就是现在买也来不及了。几乎就没有店里卖这样的汉服，只能网上去订。再等等吧！也许陶夭夭有事耽搁了一下，过一会儿就到呢！反正我们的节目排在后面。而且程媛要到下午三点半以后才能到。哦，我们得化妆！我听程媛说了，要是不化妆，上台以后脸色不好看。"

慕林白说："你会化妆？"李小康一向是素颜，从没见她在脸上涂涂画画的。

被程媛一引导，李小康她们几个也有模有样地学起化妆来。躲在宿舍里练习了几次，李小康自我感觉还不错。

李小康有点得意："会啊，我等下就去化！"化得太早了，过会儿还要补妆。

慕林白一愣："我怎么没听你说过？"他和小康每天都见面，几乎可以说是没课的时候，他们都凑一块，交流不少了，可他没听李小康提过会化妆的事。

李小康眉头微皱，慕林白这是什么口气啊，难道她的事事无巨细都要跟他说吗？难道她就没一点自己的私事，不想跟他说的吗？

有时候，李小康觉得慕林白太黏糊了，一个大男孩就跟八爪章鱼差不多，只要她一空下来，就能看到他。可慕林白不是要考研吗，怎么会有那么多时间？

慕林白看出李小康不高兴了，不明就里："小康，你怎么了？"

李小康说："慕学长，你怎么都那么有空啊！你没有事要做吗？"

怎么会没有事情做呢！慕林白有那么多书要看，总觉得时间不够用。可就算再忙，只要小康有空，慕林白都尽可能放下手头的书，去陪伴她。

不是不忙，只是对小康，他永远不忙。

慕林白笑着说："你不用太担心了！我的事，我自己会安排好的。对了，下学期我要去实习了。大四上学期的实习单位就在宁大附属医院。会全院各科室轮转，一般会先在急诊科待两周。"

李小康不在意:"你忙你的吧!"

这话说得慕林白有点失落:"小康,可能我以后没办法秒回你信息了!听说,实习挺忙的,常常连觉都睡不饱。有个学长说,他有一回三天都没好好睡觉,忙得就只能眯一会儿。"

宁大附属医院是综合性三甲医院,每天前来就诊的病人特别多,全体医护人员都是超负荷工作。

李小康说:"那你要注意身体,记得休息!"

慕林白说:"我会的!"他已经跟他哥说好了,实习地点让学校随机安排,这样他可以学到点真本事。要是选择自己选实习点,他很可能被安排到慕氏集团下属的医院,会被当菩萨供着,根本没机会真学。哦,还有一种可能,家里会逼他在管理岗锻炼。后者他更不能接受。

李小康说:"元旦我和周琦约好一起回家。还有一个叫胡璃的也回去。她也是我们那边的,不过不是一个区县。她和陶夭夭是同班同学。这次有我的同学们,慕学长,你不用陪我回去了。"

五个月下来,李小康都习惯了生活中处处有慕林白的身影。原来两个陌生的人竟然可以如此熟悉!绝大部分时候,日常中的点滴,小康第一时间就会和慕林白分享。

可这样的习惯是很可怕的。李小康怕有一天,她真的会很舍不得离开慕林白。她心里清楚她是要回去的,而慕林白未必愿意。与其毕业的时候痛苦而俗套地分开,还不如就维持现在这样。

朋友以上,恋人未满。

第八章 社团巡礼

现在这个样子最好了，他们都没有一点点负担，都不需要为对方的未来负责。他们只需要每天高高兴兴地在一起，过一天，算一天。

可小康一想到有一天，她会和他分开，然后渐行渐远渐陌生，心里就揪着痛。

李小康越来越清楚地知道，再不和慕林白疏远一点，她真的就会陷进去。等陷得再深一点，她就无法全身而退了。

其实，就算现在她立即去疏远他，也未必能全身而退，至少，在她的心上，会留下他的印记。

慕林白带给了她全新的人生体验，新得就像是替她打开了一扇新世界的门。

他们一起经历得太多，多得值得用余生去铭记。

李小康觉得自己好像身处在一个巨大迷宫里的十字路口，有几条路摆在面前，她彷徨，她犹豫，她患得患失，她不知道走哪一条路才是对的。

她很明白，人生中有些选择很重要，重要的关乎一生一世。

选对了，会幸福；选错了，会抱憾终身，而且无法弥补。

她不知道拿他怎么办才好，所以，她想逃离。

哪怕以后肯定会后悔，她也想逃。毕竟，选择了继续，就选择了无法预料的未来。而未来究竟是什么样子，这一刻，她一点都不知道。

慕林白愣了几秒钟，才反应过来小康在说什么。他很纳闷："小康，你怎么了？不是说好了，一起的吗？"

元旦一起去徽城的火车票，他都买好了。

李小康心里很难过，笑容里有化不开的忧伤。她尽力表现得洒脱一点："慕学长，真的不用了！我都跟她们说好了，一块儿回去，然后一起过来。"她低垂着眼睑，"这几个月实在是太麻烦慕学长了。慕学长忙，以后我自己来吧！"

慕林白急忙分辩："我不是那个意思！实习是真有事，没事的时候，我肯定会陪你啊！"气氛不对！慕林白把自己的话过了一遍脑子，没发现哪一句会惹到小康啊！他闹不明白，好端端地，小康怎么就不高兴了。

最近一段时间，他们处得挺好的啊！越来越有默契，今天怎么就磕磕绊绊起来了呢？

李小康看到慕林白懵懂的样子，把难过的情绪抛开，不由自主地生气起来："说了，不用你去！我们三个人呢，很安全。"

慕林白脚步一顿："你不要我去？"他很想再问一句，她是不是不愿意把他带到她以前的生活圈里去！可话在舌尖转了转，又咽了回去，他胆怯了，怕得到他不想听到的答案，语气有点低落："那行，我到时候送你去火车站吧！"

听到慕林白这么爽快地说不去，李小康却更生气了，赌气说："不用送！胡璃到学校找我，我们一起搭地铁！"

原来小康还真是不愿意和他一起出现在她从前的同学面前。慕林白就好像口里含着黄连，苦涩极了，口气低沉了下来："知道了。那我就不送吧！"

哪怕就是普通的学长学妹也可以一起堂堂正正地出现在

她同学面前啊!为什么小康还是要将他藏着掖着?他就那么见不得光吗?

李小康一听慕林白都不肯送她去火车站,火噌的一下就上来了!又发现他意兴阑珊的样子,她更是怒气冲冲,一跺脚:"下午彩排,你也不用去了!"

慕林白呆如木鸡,连今天的彩排小康都不要他去了,这说明了什么呢?难道小康受不了他了?不想再理他?一连串念头在慕林白的脑子里闪过,他有点心灰意冷:"哦,知道了。那我晚上再过来吧!"他想笑,让自己走的时候看起来潇洒一点,可他就是笑不出来,"晚上,我肯定得来,演出是我们国漫社的事。"

李小康快被气死了!虽然她自己都觉得自己是在莫名其妙地生气,是无理取闹,但她就是生气!可明明气得要死,她还是憋着,故作轻松地说:"那我先走了!"她赶紧转身,一路小跑离开。她怕自己再说两句,就会忍不住朝他发火。

其实李小康心里很希望慕林白陪她回去的,可因为种种原因,她又想逃离,所以她就说不要他去。可话说出来,小康就有点后悔了。她发现自己居然那么难过,居然会那么舍不得!可说出去的话就是泼出去的水,要她立即出尔反尔,她又不好意思。本指望慕林白能坚持一二,她就可以顺水推舟,谁知道慕林白居然就直接说不陪她去,不送她去火车站,甚至连彩排都不去看了!

陶夭夭拎着演出服到的时候,已经是下午三点半了。她化好了妆，眼神里都是落寞："小康，不好意思啊！有点、有点事耽搁了一下。"她的语气很低沉。

李小康心情也不好，对演出也没有原先那么期待："没事，反正程媛过一会儿才能到！"

程媛基本都在校外，把大把的时间花在男朋友身上，必修课选逃，选修课必逃，都不记得学业了！今天她和男朋友从外地度假回来，这会儿还堵在路上。

陶夭夭拿出衣服："我们去换衣服吧！"

李小康意兴阑珊地回道："嗯。"

两人默默地换好了衣服，然后默默地回到座位上。李小康默默地化好妆，掏出手机，发现没收到慕林白的一条信息，又是生气又是难过，差点把手机丢地上。她用力地捏了一下手机，然后闷闷地把手机放进书包里。她侧过脸发现陶夭夭在发呆，眼里还有泪珠在打转，这才察觉到异样。今天的陶夭夭太安静了！以往这时候，陶夭夭早说了一箩筐的话。

李小康问："夭夭，你怎么了？"

陶夭夭沉默了一会儿，才轻轻地说："庚哥哥又换女朋友了！"她顿了顿，"我问他怎么又换了，他说前一个腻了！在他眼里，女孩子的真心就那么不值钱吗？"

在李小康心中，庚笃就是个十足的渣男，专门祸害女孩子。最要命的是，女孩子还前仆后继地出现，总以为自己是最特别的，能笑到最后。

李小康叹口气："庚学长就是这样的。夭夭，我知道的都有七八个了！"

陶夭夭的眼睛睁得大大的，极力忍着泪："庾哥哥怎么可以这样！"明明只是想玩，他为什么要打着爱情的名义！而且那么多次！如果只有一次，她还能骗自己，她的庾哥哥是一时糊涂。可现在，她不能了。

陶夭夭满心都是失望，感觉心中那座她一直仰望的山坍塌了。停顿了一会儿，她说："我劝他认真一点。如果不是真心，就不要招惹！他说了我一通，说我是他的谁啊！说我没资格管！是，我是没立场去过问！可我真看不过眼！他在伤害那些女孩子，而且很可能害了她们一生！"

李小康说："那些女孩子都是自愿的。所以，我们还真不能说什么！"

感情本来就是愿赌服输。

陶夭夭叹了一口气，然后又苦苦地笑了一下："你说得对！我没资格说什么。"她有一万句话想对庾笃说，可是却没有可以肆无忌惮开口的资格。

在最可以挥霍的岁月里，陶夭夭很大胆。她一次次地站到庾笃的面前，等着他走过来，可庾笃还是站在原地，连短短的一步都不肯走。

她想，庾笃什么都知道，只是装着不知道吧！

原因不过是他不愿意而已。

坚持了好久，让她现在放弃还真是舍不得。可再不舍得又有什么用？爱情从来都是对手戏，而不是独角戏。

她的课是不多，但课业不轻，几乎每门课的教授都开了最低阅读书目。那些书她都没怎么读，把光阴耗在接近庾笃上了。

现在想想有点不值当。

以后她就多看看书吧！宁大，她短期内是不想再来了。

陶夭夭这时才后知后觉："小康，你的慕学长呢？"她每次都能在离小康一米范围内发现慕林白的身影，可今天却没看到，而且李小康看起来也兴致恹恹的。

李小康不愿多提："他有事！"

突然背后有一个熟悉的声音传来："我没事！"

李小康愣了一会儿，回过头，就见慕林白站在后面一排的座位旁。他眼神有点飘移："再过一会儿，就是我们的节目了吧？"

李小康不生气了，也不难过了，瞬间就高兴起来："我们马上就要去后台了，程媛估计赶不到了，就我跟夭夭去好了！"她顿了顿，眉眼里都是笑，"慕学长，你什么时候到的？"

慕林白脸发烫："我才到一会儿！"他才不要说他一直都在呢！等小康走后，他立马就后悔说不来看彩排，然后自己悄悄地摸了过来，就坐在小康的后面。他舔了舔嘴唇，犹豫了一会儿，把心里的话说了出来，"小康，你今天真漂亮！哦，不对，你怎么样都好看！"

李小康笑得如习习春风，脸也微微发烫："知道啦！"

这就算和好了？明明她刚才很生气很难过的，一看到慕林白，一听到他的声音，李小康突然就不生气了，也不难过了，竟然从心底里高兴了起来。

也不知道是怎么回事，她看到他就想笑，而且笑得很真很甜!

原来她是很想躲开他的,可是她好像躲不开了!

看不到他,没有他的消息,她情绪就低落;他一出现在她面前,她就兴高采烈,又有了精神!

一个下午,她的情绪大起大落就跟坐过山车似的。

原来,慕林白已经很能影响她的心情了!

慕林白嘴角高高扬起。他准备了一席话,可临了,就只会笑。明明之前他很难过,感觉天空都是灰暗的,感觉做什么都提不起劲来。可是现在,他一看到小康的笑脸,就不记得难过了,还发自肺腑地高兴。

两个人就这样对着笑。

话仿佛是多余的。只要他们能静静地在一起,就够了。

第九章 除夕

DI JIU ZHANG

CHU XI

第九章 除 夕

与慕林白分开的寒假，李小康只觉得日子过得特别慢，每一秒钟都仿佛被拉长，长得让她觉得光阴就像离家不远处的河，水流得那样地缓。日常似乎被拆成了无数的镜头画面，滑过了一帧，停顿一下，再滑过一帧。

莫名其妙的，李小康无论在做什么，无论是什么时候，总能想起慕林白。和他在一起的日子，就好像是朦胧的诗，是水墨的写意画，初初只觉得淡淡的，细细地想起来，她觉得里头有很多味道。而这味道却是说不清，道不明的，别是一番滋味萦绕在心头。

山高水长，记忆更绵长。

半年过去了，李小康甚至能清晰地回忆起，她第一次见到的慕林白，神采飞扬，笑容灿烂。他温和的笑容，晃了她的眼，也晃了她的心。

在此之前，她从来都不知道，自己竟然会那样去想念一个人。想他的念头，一直在她心尖上盘桓，想他的笑，想他的话，想他的点点滴滴，想他带给她的温暖。而他带给她的温暖是她久违的,渴望了许久许久的,是医治她心中阴霾的药,是她生命里难得的一抹阳光,让她的笑容也真起来。

思念一天一天地积攒下来,越来越热烈,热烈得就像是漫天的火光,热烈得连她自己都在燃烧。

她难以置信,可这又实实在在发生着。

她也想去压下这些思念,可越压,就越想。

每一日,她一步一步地走过熟悉的街道,路过熟悉的场景,总会发现,这些地方她都和慕林白走过很多遍。

原来不知不觉地,她的生活里有慕林白那么多的痕迹。那些痕迹多得她数也数不完,一笔笔地深深地刻在了她的记忆里。

也许,她跋山涉水,走了那样多的路,路过了那样多的风景,就是为了今生今世这一场美丽的遇见。

每一天,李小康只要空下来,就捧着手机和慕林白聊。一个月一千条的短信用完了,她就用 QQ。他们两个人都彼此那么多的联系方式,似乎只要他们愿意,就能轻易地找到彼此。

明明都是无关痛痒的碎碎絮语,一点营养都没有。可李小康就是喜欢说,一句话可以重复好几遍,一点点小事也可以拿来津津有味地说起。

其实,说什么并不重要。重要的是,李小康就是想和慕林白说话,想整天和他腻在一起。感觉和他说话的时候,她很快乐,就像锦绣花开。

知道慕林白现在非常忙,但是李小康还是忍不住去叨扰。她不舍得不去说话。她总有种错觉,仿佛只要她一不说话,慕

第九章 除 夕

林白就会突然从她的世界里消失,她心中那个温和的慕学长就不见了。

大部分时间是李小康在说,慕林白在听,然后忙里偷闲去回复。寒假一开始,慕林白就提前去宁大附属医院实习了。他有那么多事情需要做,很忙,很有压力,很累,但只要有一分钟的时间,他都会掏出手机一条条地看过去。

这一刻,是他最轻松的时光。他不是实习医生慕林白,而是单纯地想念着小康的慕林白,只属于小康一个人的慕林白。

慕林白闭上眼睛,仿佛能隔着屏幕看见李小康这时候的样子,一定是笑着在絮叨。他这样想着,心里乐着,忍不住笑着。

除夕的夜里,天空中飘了点雪。

吴嫂头两天就回家过节了,要初五才回来。李博文下午来转了下就走,丢下一后备厢的年货和两个塞得鼓鼓囊囊的红包。毕竟那头的"家"还等着他赶紧过去阖家团圆。

堂前的大门虚掩。电视机开着,声音调得很大,正播着春节晚会,荧幕里头载歌载舞热热闹闹的。家外头爆竹声此起彼伏地响着,噼里啪啦的。就是坐在家里,也能闻到那股弥漫着硝烟的年味。

九点多,李奶奶已经睡觉了。李小康一个人坐在火盆边烤火,拿小铲子拨着炭。她旁边有个半旧的方椅子,上面摆着漂亮的春盘,里面被装得满满的,有瓜子、花生、牛奶糖、巧克力、山核桃、顶市酥。春盘两边放着一盘沙糖橘和一盘桂圆。

李小康剥了一个橘子，将橘子皮一片片地丢进火盆里。她看着橘子皮一点点卷起来，一点点的火星子在跳动，然后一点点变黑，一点点化成灰烬，心里头是空落落的茫然。想见又见不到，又没有其他人可以说，她只好把难熬的思念一点点地往更深的地方埋，可万缕情思就像是埋在火盆里的炭，上面铺着一层灰，看着不显山露水，可内里已经烫滚滚的，只要丢一点橘子皮下去，小火苗就能燃起来。

　　手机也放在椅子上，每隔几分钟就有短信提示音。李小康立即拿过来看，都是同学们的拜年短信。从下午两点到现在，没有收到慕林白的一条短信，更没有他的一个电话。李小康微微咬了一下唇，然后再一次拨打了慕林白的电话。等了一会儿，电话那头依然传来"您好，你拨打的用户已关机"。

　　明明那个声音很温柔悦耳，可落在了李小康的耳朵里，就像冰天雪地的三九天，冷得直戳到人的心窝里去。

　　这是从来没有过的事。

　　短信杳无音信，QQ 没有响应，"人人"不回站内信，电话打不通……她有他那么多种联系方式，可是没有一种能联系上慕林白。

　　毫无征兆的，慕林白突然就从她的世界里不见了。

　　李小康惶惶然的，就好像午夜时分，一个人孤零零地走在老城里的路上，陪在她身边的只有昏黄的路灯。而一直陪伴在她身边的人，却没有了。

　　他说，他会一直都在。

　　他说，他会永远陪着她。

第九章 除 夕

他说，他会相思相望，至死不渝。

李小康起先是不信的。这世上哪有永远不变的永远，这世上哪有那么多至死不渝？不过是说说而已吧。

可大半年相处下来，李小康一点点信了，然后越陷越深，越来越离不开他。可现在，毫无征兆地，他突然没了踪迹，就把她一个人撂在了这里。他不在，她很难受，很惶然，也很害怕，害怕在不经意间，他的一个转身，他们又会成为毫无交集的两个人。

一想到这，李小康就受不了了。

原先以为自己并不上心，可这一刻，她是真的在伤心。

等到了十一点，平常该睡觉的时间，可她还是没能联系上慕林白。李小康懒得上楼去睡觉，就木木地坐在那里，一点精神都没有。堂前很空，有凛冽的寒风从门缝里钻进来，是刺骨的冷。

李小康加了几块炭，拿小铲子拨开一点灰，让火盆烧得更旺些。她再去看手机，短信一条接着一条，可没有一条是慕林白发过来的。收不到他的消息，手机就是响的次数再多，也跟冰块差不多。

快十二点了，春晚的主持人在倒计时，新年快要到了。外头的爆竹声一浪盖过一浪，硝烟味儿越发浓了。李小康的手机只剩下最后一点电，眼看就要自动关机了。她犹豫了一瞬，然后发了一条短信："慕学长，新年快乐，我想你。"

信息发出去，李小康就有一瞬间的后悔。这太不矜持了！几秒钟后，就不后悔了，她是真的想他，很想很想，想得自己都快要疯掉了。

电视里，新年的钟声在回荡。外头，爆竹声震天动地。门这时候被推开了。然后，李小康就看见慕林白披着一身雪，站在了门边上，一手扶着门框，喘了一小会儿气，然后抬头对她温柔地笑。

他说："小康，我来了。"

李小康愣了："你……怎么来了？"

慕林白笑着说："我就这样来了啊！就带了个人过来。"他穿着单薄的灰色大衣，冻得脸发红，"我可以进去吗？外头好冷！"

李小康赶紧站起来："快过来坐，烤烤火。我去给你倒杯茶。"

慕林白赶紧进来，在火盆边坐下。他剥了一个橘子，往嘴里塞："小康，我好饿。我晚饭都没吃呢！"

李小康心疼地说："怎么不路上买点吃的？"

慕林白说："来了一个心脏骤停的患者。其实送过来的时候就不行了。家属不放弃，我们急诊科的都上了，轮流去心肺复苏，所以我下班晚了，差点赶不上火车。到了火车站，我才发现我就带了火车票，身上就一百块钱，钱包手机都忘在医院了！"

怪不得怎么都联系不上他！李小康忙把茶杯放在火盆边的桌子上："你等我一下，我去给你下碗面。"

慕林白忙站了起来："一起吧！家里青菜有吗？没有，我去园子里拔一棵。"这也是他做惯了的。来小康家的次数太多，

第九章 除 夕

慢慢地，他倒有点像这个家的主人了。

李小康说："你坐着吧！青菜拔好的有，洗一下就好。笋干肉丝也炒好的。我们明早准备吃面。"

慕林白笑着说："不坐。我们一起做嘛！我再来摊两个鸡蛋饼好啦！你陪我一起吃，好不好啊？"

李小康说："好！"晚上她没心情，没吃多少，现在心情好了，就觉得饿了。

两人便去厨房煮面吃。李小康烧水，慕林白洗青菜。李小康问："你昨天是夜班吧！不是应该今天八点多交完班就下班了吗？"

慕林白说："有三个医生老家在外地，请假回家了。人手不够啊！这几天病人来的太多了，病情还一个比一个凶险。有三个酒驾出了车祸，都是颅脑损伤，全身多处骨折。一个送过来的时候就已经没了。还有好些个打架斗殴受伤的。六个严重酒精中毒的！还有几个脑溢血。好像都是喝酒喝多了，惹出来的事！"他舔了舔嘴唇，"喝酒不好。我从来不喝酒，也不抽烟。"

这话一说出来，李小康的脸色有点古怪。

慕林白立马反应过来了，洗青菜的手抖了一下，笑得不自然："那次是——就那一次啊！后来我就滴酒不沾了！你知道的，我不喜欢喝酒的。小康，我上一天班了，又坐了好几个小时的车。水开了，可以放面了！"他忙倒了一桶面下去，再丢了七八片青菜叶子进水里。慌乱中，他连下面条的步骤都弄错了。

最近急诊科很忙。慕林白没有告诉小康,他其实已经连上了七十多个小时的班了。从南京到这,想在除夕夜赶到,这是最晚的一趟火车。偏偏火车晚点了十几分钟。下车后,慕林白心急如焚,立即打车。到了路口,他蹦下车,一路飞奔,总算是踩着零点的钟声到了。

李小康叹口气:"你真辛苦。"

慕林白虽然很累,但心里高兴,人很精神:"我是医生嘛!应该做的。"他从胸口的口袋里掏出一个小本子,晃了一下,"小康,新年礼物。"

李小康愣了一下:"我没给你准备礼物。"

慕林白笑得有点腼腆,一手挠了挠脑袋,另一手把小本子往前递了一点,温和地说:"打开看看嘛!这是我实习时候记下的。第一手资料哟!"

李小康接过,翻了几页,发现上头写的是密密麻麻的观察日记。很多地方字迹潦草,显然是匆匆忙忙记下来的。

慕林白笑着:"厨房灯不亮,你先别看了,对眼睛不好。反正我不急着要,你就慢慢看嘛!我初一休息,初二上班。"

李小康忙问:"那你买票了没有?"

慕林白说:"早买好了。初一晚上十点的票。早上五点多到,正好赶得上上班。"

李小康很心疼,眉头微蹙:"坐夜车太累了!你本来就很累了。改签吧!改到明天上午九点的。你回去还可以好好睡一觉。"

慕林白笑着说:"不要紧啊!火车上可以睡觉嘛!我不累,

第九章 除 夕

我就是想陪陪你。这回，我差不多可以陪你一整天呢！"

李小康下巴微抬："嗯？"她满心愉悦，但嘴上就是不认，"才不是你陪我呢！"

慕林白温和地说："好好好，那是你陪我！"

李小康眼波流转，光华溢彩："不对！我们是互相陪！"

慕林白重重地"嗯"了一声，认真地点了点头："好！我们是互相陪。"说完，他朝小康眨了眨眼睛，然后笑出了声。

面很快就做好了。厨房有个小方桌子，两个人就在那，面对面坐着吃。

小康吃了一口面，然后抬起头，隔着氤氲的雾气去看慕林白。年轻的容颜，清润温和，如贴在胸口的玉，如青翠的篁竹，几乎是近在咫尺。

只是光线很昏黄，慕林白的人影似乎在轻轻摇曳。这些日常而细碎的美好，仿佛是旖旎的梦，恍恍惚惚的，飘飘摇摇的，也许下一瞬间就会散去。

李小康突然有些伤感。以后的日子太长了，长得她都不知道和他有没有以后。他们太年轻了，人生路上的岔路口太多。她怕，一个不经意的选择，一步错，然后就步步错，再也回不了头。

她几乎要咬到舌头，脸不由得发烫。她已经在考虑她和他的以后了。本来，她给自己定下的规矩，绝对不在大学里谈恋爱。因为前人无数的故事告诉她，大学里的恋爱很难会有结果。

她不喜欢没有结果。

可是现在，她对自己给自己定的规矩动摇了。

如果是慕林白，她好像是愿意的。

原来，所有的条条框框都是虚的。只要遇上了那一个人，她可以为他一改再改自己的规矩。

慕林白抬起头："小康，你在看什么？我脸上有什么东西吗？还是我脸色不太好？"他来之前在火车上照了一下镜子，他有黑眼圈了！

李小康有些慌乱，目光躲躲闪闪的："没有啊！你不是挺好的嘛！"

慕林白目光微动，突然反应过来，很兴奋地笑着："小康，那……你是在看我？"

李小康矢口否认："没有啊！"她很慌张地说："吃面，吃面！我饿了！"她连耳朵根都是红的。

慕林白盯着李小康看了几秒钟，脸也发烫，心里更是热乎乎的。他低头偷笑了一小会儿，再抬起头，朝小康眨眨眼睛："你想看就看嘛！我都到这里来了！就让你看个够嘛！要是你这次看不够，我再来。我初八夜班下来，可以休息一天半。"

李小康冲口而出："我早点返校吧！"话说出来，她有点想咬住自己的舌头。她脸更是发烫，忍不住双手捂住脸："真讨厌！"

慕林白笑着说："不讨厌，不讨厌！是……真好！"他清了清嗓子，站了起来，走到小康身边，颤颤地伸出手，动作停顿

第九章 除 夕

了一下,果断地搭在了小康的肩上,"我那天去接你吧!正好,我们出去转一转。梅花山那边有梅花节,我们一起去看梅花,好不好?"

李小康放下了手,羞得不知道该怎么办才好,只觉得自己脑子晕晕乎乎的,整个人仿佛都要飘了起来。她没有一丝犹豫:"好啊!"

慕林白点头:"那就这样说定了。"

"可是——"李小康停顿了一下,咬着嘴唇,"还是算了吧!你难得有休息的时间。你真的需要休息!"

慕林白笑笑:"没事的。我不累。我最近读书读到……"

李小康很诧异:"独猪?"

慕林白挠了一下头:"是读书!一不小心说了我们那边的方言。"他脸也是红通通的,"我在老家一般都说方言。我下次带你回家吧,我家乡风景也很好!"说完以后,他舔了舔自己的嘴唇,掩饰内心的紧张。

李小康神色有些犹豫。

慕林白敏锐地发现了,更加紧张:"坐火车过去,要转汽车。麻烦了一点。不过,除了过年清明,我爸妈,我哥都不回去。家里只有一个阿姨看屋子。我跟她打个招呼,她不会多说什么的。"他飞快地抬了头,小心翼翼地斟酌着句子,"我家挺大的,客房很多,住那,房间你随便挑。"

李小康觉得这样不太好。哪有女孩子随随便便就跟一个男孩子单独去他家的,而且慕林白只是她的学长,还不能算是她男朋友!

两个人来来往往，云遮雾绕的，明明距离很近了，就是那层窗户纸没有捅破，所以李小康才觉得少了一点什么！

她心里是想去的，可是她似乎少了一个跟他回家的资格。

李小康推托了："你最近不是实习吗？最近……你应该是没有时间回去了吧？"

慕林白眼神暗淡了几分："是！那就——以后再说吧。"

和小康在一块，总是他主动，一次又一次。可是，每次他往前走一步，得到的回应总是不多。

看得见，而且就在身边，但是连牵手都没找到理由。

慕林白有一点累了。

以后再说，以后是什么时候呢！他一直很想要一个以后。可是现在，他看不清未来在哪里。

好在李小康的身边只有他一直在，而且她待他比最初热络多了！虽说有些迷茫，但还是有希望的。往后日子还长，他有时间去一点点追。

李小康感觉到慕林白有点不高兴："慕学长，我不是不愿意去——而是，我，呃……最近不去。"她说到后面，支支吾吾的，脸涨得通红。有些话，她说不出口。

慕林白抬起头，隐隐约约猜到了，心一阵狂跳，脸皮也发烫："小康，我……"明明心里说过千万遍，可是站在小康面前，他却很难再开口。慕林白很想再说一遍"我爱你"，可他很没有底气，怕说出去，再被泼冷水。颇为犹豫了一会儿，慕林白还是不敢讲明，结结巴巴地说："小康，我……我知道的。"他舔了舔嘴唇，"其实，你怎么样，我都不会怪你。"

第九章 除 夕

就算有点不高兴,就算可能会被小康再一次拒绝,但是慕林白不会去怪她。因为他真的舍不得。

虽然心里非常想再靠得近一点,但慕林白觉得能像现在这样,静静地站在小康身边,静静地陪着她,他也是很高兴的,精神得到了慰藉。

也许,他一开始对小康只是喜欢吧!喜欢的时候,他只顾眼下,不会想到以后。而现在他是真的在爱她,小心翼翼地,这个不敢,那个也不敢。他很想他们有美好的未来。然后为了他们的未来,他在一点点地努力。

知道这是一条很难的路,但是慕林白还是选择去走。只要她肯,他就有勇气去抗争。

DI —— SHI —— ZHANG

ZHI —— ZI —— ZHI —— SHOU

第十章　执子之手

第十章 执子之手

正值春运的返程高峰,火车票难买。李小康把原先的票改签了,初五就返校。火车逢站必停,装了满满一车的人,慢悠悠地开着。

李小康没有换到坐票,倚着行李箱,靠在车门旁边。她带了一本闲书,一页页慢慢地翻过去。白天慕林白在医院里忙,几乎不可能有时间碰手机。没有他的消息,她也就不去看手机了。

书是张爱玲写的《半生缘》,是李小康从图书馆里顺手借来的,混杂在一堆医学书籍里,被她遗忘了大半个寒假。现在拎出来看,李小康纯粹是用来消磨时间。起先看时,她只是匆匆扫过,越看到后头,她就看得越认真,心里也随着情节的大起大落,而喜而悲。

故事里的所有人物都没得到自己想要的生活,都在离幸福只有一毫米的地方戛然停住往前走的步子。明明只要稍微努力一丁点,就可以得偿所愿。可命运就是这样的捉弄人,让他们就差了这一点点,然后过了三年五年,一生一世就此注定,再也回不去了。

天擦黑了,还没有到南京。李小康心里闷闷的,把书塞回书包里,掏出了手机,里面有慕林白的三条短信。一条是早上六点多发的,"刚醒,你到火车站了吧?应该快出发了。"第二条是中午一点发的,"刚忙好,在吃饭,你现在到哪里了?"最后一条是刚才发的,"你坐的这趟车慢,你在南站下,然后下来坐地铁到火车站。这样快点。我下班后去接你。一起吃晚饭吧!等我!"

李小康回了:"好的啦,我到了之后,发信息给你吧!"她准备按发送键之前,想了想又添了几句话,"车很慢,我看了本书,看得很不高兴。里面的人全部都不幸福!"

慕林白就回了:"书要是看着难过,就别看了。"

李小康有点不高兴了,她就是想跟慕林白说说她这一刻的感受,没想到慕林白直接把话堵死了,让她没办法往下说。她讲:"哦,你不忙啊?"

慕林白没有察觉小康情绪的起伏,就回了:"不忙。"可才把信息发出去,又来新的病人了。他赶紧把手机塞进口袋里继续去忙。

而那一头,李小康收到短信,便发了一条信息:"那你陪我说说话吧!"她很想和他说说话,随便说什么都可以。她就是想跟慕林白黏糊一会儿。她心里是忐忑的,即便慕林白已经对她很好了,能留给她的时间都给了她。可她还是不安的。

这种不安是骨子里的。李小康总在害怕,害怕自己得到了,又突然失去。那样的滋味光想想就痛彻心扉。李小康一再

第十章 执子之手

逃避开始，因为她真的很怕没有结果，很害怕再被自己以为永远不会放弃自己的人放弃。

虽然一遍遍告诉自己，有个美好的过程也是很好的。可她真的想要结果，想要一直跟他在一起。

世事难料，万一要是将来没有结果，她该怎么办？她有时候想，干脆就不要开始，没有开始，等到她看到他离开的时候，就不会那么难过了。

可是，她真的很想跟慕林白在一起，哪怕只有片刻，也是好的。她就是想，发了疯一样想，这样的念头，时不时地会冒出来，无论怎么压都压不住。

这些年，她一心一意地学习，按部就班地过着。她尽可能考上好的大学，将来找份稳定的工作，找一个差不多的人结婚生子，像绝大多数人一样平平静静地过完这一生，并不想出现意外。

可人生还是出现意外了。

没有办法预设，慕林白就这样突然出现在她的生活里，牢牢地吸引了她的目光。想躲也躲不掉，想逃也逃不了。

没有办法，只好由着自己往下走。明知道这条岔路通向不确定的未来，可李小康还是没办法拐回到原来的路上。

因为慕林白，李小康的人生成了另一番模样。

她以前以为自己很冷静，对什么都淡淡的。遇到慕林白之后，她才知道，原来她会有那么多情绪的变化。这些情绪就跟川剧的变脸一样，变来变去的，一下子非常高兴，一下子非常不高兴，从一个极端蹦到另外一个极端。而且情绪变得特别快,也许前一秒钟还在黯然神伤,下一秒钟就突然笑起来。

她这样,全是因为慕林白。

也许是鬼迷心窍,也许是前世注定。原因并不重要,重要的是他们的心就这样一点点地走近。

既然躲不掉,逃不开,那就继续这样吧!

李小康握着手机,盯着屏幕看。她以为慕林白会秒回,然而,等到了站,下了火车,坐上地铁,再从地铁口出来,等到眼睛都看花了,她还没有收到慕林白的信息。

外头,天黑了。初月清辉浅浅。

李小康不想一个人孤零零地回学校。就是回了学校,她也没有地方住。她没有申请寒假留校,宿舍要过两天才可以进去。她背着书包,一手拖着行李箱,一手攥着手机,一步一步地挪到了玄武湖边。

风很大,湖面起伏着波浪,对面灯火璀璨的高楼远远看去似乎也摇晃起来。

李小康在湖边停下了步子,心里也如湖水一般泛着层层的细浪。她心里一直很乱,甜涩交织着,各种滋味都有。

她想了很多。

想的最多的是将来。

虽然慕林白没有多说,但她看得出来,慕林白家境很好。而她这边,如果没有爷爷奶奶坚持,也许爸爸早就不管她了。齐大非偶,现实里,大多数婚姻都是门当户对,而她跟慕林白将来怎么办啊!

第十章 执子之手

要是慕林白家境一般就好了。

有些事情，不能想，一想，就会觉得没有结果。一想到，就会痛得锥心刺骨，可这些事情也是绕不开的，无论她去不去想，从一开始就实实在在地摆在了那里。

顾虑重重，心事重重，可又思念入心。

李小康真不知道怎么办才好。

她很不高兴慕林白突然消失，没有短信，没有QQ，没有电话，没有解释，就好像人间蒸发了一样。

她一找不到他，就会心慌意乱，就会很难过。

李小康不知道在湖边发呆了多久，手机突然响了。李小康接了电话，那一头慕林白跑得气喘吁吁地说："你在哪里？"

李小康情绪低落："我在玄武湖边。"

慕林白说："我下班了。快五点突然来了病人，忙到现在。我这就打车过去。你在原地等我。"他停顿了一下，"现在外头冷，你到前面随便选一个吃饭的地方等我吧！还是不随便了，帮我要一份水饺。我都快饿死了。"

李小康留意了一下时间，现在都快晚上九点了！她顿时就顾不得自己不高兴了，心疼得不得了："你忙到现在啊！"

慕林白说："对啊！没办法！我打到车了。直接到前面的饺子店。你快点走过去吧，夜里风太大！对了，你行李多不多？要是多，就在原地等我，我过去帮你拿！"

李小康说："就一个行李箱和一个书包。不重。我自己走过去吧！你要什么馅儿的？"她几乎是一路小跑，想赶紧跑到店里，把饺子点上。

慕林白听到电话那头传来不稳的呼吸声，还有轮子磨地声，心里一暖，赶紧说："不用跑啊！慢慢走，不着急啊！反正都错过饭点了。不要紧的。我都习惯了啊！急诊科都这样！小康，你听我的，慢点走，慢慢走过去！"

李小康说："不要紧啊！"她没有听，还是以最快的速度跑到了饺子店。

十几分钟后，李小康就看到慕林白推门进来。这个点儿，来吃饺子的人不多。店里稀稀拉拉坐着几个人。李小康却还是赶紧站起来招手："这里！"

慕林白满脸都是喜悦："小康！"他跑过来，坐下，就大口大口吃起来。即便很饿，吃得很快，可他端起小碗喝汤的时候还是一点声音都没有。有些修养是刻在骨子里的。没有多年的熏陶，慕林白不可能做得到。

李小康心细，发现了，在心里叹口气，也许慕林白家境比她想象中还要好。他家境越好，她心里就越发怵。

慕林白吃得半饱，就吃得慢了些："小康，你晚上吃了啥？"

李小康："也是饺子。下午来的那个是什么病？"

慕林白舔了舔嘴唇："车祸，脑袋都撞开了。其实送来的时候，人已经不行了。家属不肯放弃。然后逼着我们救。"

李小康疑惑："不是抢救多少时间，没救回来，就可以宣布抢救无效死亡了吗？"

慕林白心里不痛快，把筷子一放："理论上是这样！肇事

第十章 执子之手

司机没找着！一群家属拿我们医院撒气，围着，又哭又闹又骂，说什么'好好的人送进医院，就是你们治得没气了！'这人来的时候能叫好好的嘛！都伤成那样了！要真好好的，还把人送进医院干吗?！反正场面很混乱，家属硬逼着我们救！"他没敢细说。当时患者家属推推搡搡，又哭又闹，他去拉架，反倒结结实实挨了两下。

不过，他还算好的，没有负伤。跟他一起的另一位实习医生就没那么幸运了。眼镜片被一拳打碎，划伤了脸。

李小康："就没人管？"

慕林白叹口气，很不满地摇了摇头："一个分管的院领导来了，叫我们全力救治，然后安慰家属去了。真没得救啊！能用的手段全用上了！一点效果都没有啊！人早没了！"

李小康都听得愣了："那院领导不懂吗？"

慕林白摇摇头："怎么可能不懂。反正就是一个劲安慰家属，一个劲地叫我们全力以赴去抢救。都说了，人已经没了，怎么救得过来啊！家属们后来还打了我们，那个领导根本就没替我们说一句公道话，还对家属说什么'非常理解你们的心情'，好言好语地把家属们请走，继续去协商。"

李小康听了："这不是乱来嘛！明明早就没必要救了。"

慕林白叹口气："这就是现实吧！我们轮流心肺复苏，休息的间隙，一个在那工作了几年的医生告诉我，他遇到过几次了。有一次，他们一班住院医师给一个病人做了十八个小时的心肺复苏。那病人临床早就可以宣布死亡了。可就因为家属闹，所以领导压着他们去抢救。这叫什么事啊！"

说到最后，慕林白有些愤怒了。

李小康眉心微蹙："不能这样啊！"

可就是这样不对的事情，却还屡屡发生。谁责任？慕林白拿起筷子："没办法。我以前觉得医生只要学好技术，看好病就好。现在，就这些天，以我的观察吧，觉得想单纯地做一个只去看病的医生挺难的。"

社会是海，一网下去，谁知道会捞出来什么。有时候，慕林白觉得挺无力的。他很想去做好一件事，却发现，很多时候，有些事非他一己之力能做到。

李小康刚进大学，还没有这样的体悟。她很乐观，一手托着下巴："不要紧啊！都会好起来的。对吧！我的慕医生，不要生气了嘛！"

慕林白看着小康的笑脸，也暂时把这些烦心事抛到一边，慢慢地笑起来："好！都会好起来的！"

吃好饭，慕林白很自然地替李小康背起了书包："我来吧！"他停顿了一下，有些腼腆地说，"你们宿舍还没开门吧！我提前帮你订了宾馆，预订了两晚。就附属医院对面的那家最大的宾馆。"

说话时慕林白手心都在冒汗，话一个字一个字地从嘴巴里蹦出来。他说两个字，就去看小康一眼，越看，脸越烫。

李小康说："不用了吧！那家宾馆太贵了！往前头走，有家二十四小时便利店，我去凑合两夜。那里有空调，不会冻到。"她笑盈盈地说，"行李就放你宿舍吧！我拿着书包就行。我们班上有人期末就去那通宵复习。"

第十章 执子之手

实习一分钱工资都没有。她不能让慕林白破费！

慕林白立即说："那怎么行！你一个人很危险，而且多苦啊！"

李小康并不在意："那里有员工，不怕！再说了，我也正好看看书。"这点苦，她还是能吃的。

慕林白斩钉截铁："不行！不休息好，人没精神的！小康，走吧！我钱都交了，你今晚不去住，也不会退的。"慕林白的声音越来越小，还微微带些颤。他紧张地舔了舔嘴唇，"小康，去吧！难得的，反正过两天，你们宿舍就可以住了。"

李小康认真地说："那我把钱还给你！今晚就算了。明天不住，应该可以退房费。说好了，反正明天我不住。你怎么说，我都不住！"

慕林白说："不行，这个钱一定得我来出！"庾笃可是反复强调过，这些钱必须男的来负担。

一想到可以真正和小康独处一夜，慕林白就脸红心跳，心里紧张得不得了，也甜蜜得不得了。

至少，他可以好好地抱一抱小康了！

李小康没想太多："慕学长，你就别跟我客气了。我住宾馆，怎么能让你出钱！你要不让我出，我就——我可就——"她噘嘴，"我可就生气了！"

慕林白说什么都不同意："好啦，好啦，小康，这个钱再说吧！大不了，你明天请我去吃梅花糕！哦，我明天后天都休假！"

因为挨了打，所以科主任就多给他一天假。正好他可以陪小康多玩一天,也算是因祸得福吧!

拗不过慕林白,李小康勉为其难地点点头。

两人并肩走在路上。这一带路窄,车子开得又快,慕林白走在外侧,把小康挡在里面。偶尔往里多挪了一点,他会蹭到小康的衣服。这时,慕林白都能感到自己的心跳又跳得快了几分,比抢救危重病人时还紧张。

为了缓解紧张,他把目光微微从小康身上移开,移到旁边的梧桐树上。这一带都是老梧桐树,树干很粗,枝桠很多。明明是冬天,梧桐树上光秃秃的,可慕林白就是觉得梧桐树很好看,特别有意境。

李小康也好不到哪里去,没来由地紧张,呼吸越来越急促:"慕学长,今天,我看了一本小说,难过了半天呢!"

慕林白"哦"了一声:"是小说吗?"

李小康说:"是。是张爱玲的《半生缘》。以前电视剧看过一点,没看全。我决定回头把电视剧也找来看。"她停了一下,"真悲剧。那里头的人都是差一点就能幸福了!看着好揪心啊!各种阴错阳差,各种巧合的误会!"

慕林白说:"你都说了,那是小说嘛!也只有小说里才有那么多巧合。有句话怎么说来着呢!无巧不成书!大部分人生活都很平静的,几句话就能说完了。工作恋爱结婚生子养孩子,然后就是到老了。执子之手,与子偕老。这句话的意思多好!"他停顿了一下,"我也希望,我将来也能这样。"说这话的时候,他一直侧着脸看着小康,脸烫得厉害。

李小康听得懂:"这样是很好。"

第十章 执子之手

慕林白再一次鼓足勇气:"小康,你可愿意——可愿意——"他深吸一口气,"可愿意跟我相伴这一生,陪伴到底。"

李小康飞快地抬眼看了一下慕林白,又赶紧半低下头,脸红到了脖子根:"啊,怎么突然说起了这个!"

慕林白轻轻地伸出手,起先是小手指碰一碰小康的小手指,发现小康没有拨开他,胆子更大了一点,果断小手指勾住小康的小手指,又发现小康只是微微一躲,并没有挣脱开,他的心都要跳到嗓子眼,又是紧张又是高兴,胆子更大了,手再往前一伸,牢牢地握紧了小康的手。

李小康心跳得快得不行,脸红通通的,紧张得一句话都说不出来了,只感到慕林白的手心很暖,很潮,似乎都是汗。

慕林白更紧张,只觉得幸福来得太突然。他想说点什么,可这个时候,他居然除了满心高兴以外,都不知道说什么好了!明明他去图书馆找了好些名人情书来看,背了好多段!可到了当场,他真的只剩下了满心眼的高兴,一句情话都背不出来了!

两个人就手牵着手走,时不时地对望一眼,然后对着笑起来。

到了宾馆,慕林白帮着办完了入住手续,把房卡递给了小康:"都办好了!"他想直接牵着李小康上楼,可怕唐突了小康,又实在不好意思,就面红耳赤地站在原地。

李小康羞得满脸通红,一手接过房卡:"慕学长,那就明天见了。"

慕林白有点急,但是又害羞,红着脸,声音都哆嗦了:"小康,你一个人,不——不怕黑?"

李小康看了看灯火明亮的宾馆大堂,觉得慕林白这话说得好奇怪:"不怕啊!要觉得黑可以开灯啊!"她低头笑着,"我以前跟你说过啊,我读高中的时候,都是一个人回家。那时候路上没有灯,我都不怕!你看,这里这么亮,我就更不怕了!"她微微抬起头,看了一眼慕林白,又半低下头,笑容甜美,"你今天都累了一天了。早点回去休息吧!"

慕林白红着脸,才起的那一点小心思,又不敢去想了,稍微镇定了些:"那好,你早点休息。明早你多睡一会儿,醒了,打电话给我。我们一块儿去吃早饭吧!我前段时间去图书馆那边,在那发现了一个小店,那里的早点味道真不错。"

李小康说:"好啊!"

慕林白低头,看到了行李箱,心思又活泛起来,鼓起勇气去问:"小康,要不,我帮你把行李放上去吧!"

李小康笑着说:"不需要那么麻烦啊!就住一晚,我把行李箱寄存在大堂就好。明早把行李箱放在宿管那边吧!书包就随身背着好了。"宿管阿姨一般都会提前一天到,所以可以把行李箱放在宿管站。她仰着脸,一副要慕林白表扬的表情:"慕学长,你看,我这个法子很省力吧!"

慕林白是真想拉着李小康一块儿上楼,然后赖着不走,可他真害羞,没胆子明说,就"哦"了一声:"是省力啊!"

其实,他一点都不想省这个力!

李小康有点不满意:"这个表扬力度不够嘛!"

慕林白看着还懵懂着的李小康,心里有点无奈,也跟着笑起来:"知道啊!知道你很聪明的啦!"

李小康这才满意地点点头:"这还差不多!"她赶紧把行李

第十章 执子之手

箱寄存,然后兴高采烈地从慕林白的手里接过书包:"那么,慕学长,晚安啦!"

慕林白笑着说:"晚安!"他把小康送上了电梯。等电梯的楼层显示到了小康住的那一层,他才离开。

走出宾馆,慕林白下意识地抬起头,转过去看楼上。明知道宾馆的窗帘都拉着,看不见里头的灯光,更看不见小康,但他还是看了几分钟,然后才慢慢地往宿舍走。

虽然月光很淡,寒风阵阵,但慕林白心里觉得暖。手心似乎还残留着小康的温度,他摩挲着手指,把刚才和小康相处的时光在脑子里回味了一遍,越回味,心里越舒服。

在似水流年里,他想把这片刻的欢乐牢牢记在心底。

这一生,他非常想和小康相伴到底。

第十一章 拌嘴

第十一章 拌 嘴

早上八点多,慕林白和李小康坐公交车到总统府下。两个人手拉着手走过梅园新村,走进里头的小巷子里,七拐八绕地转到一个小小的鸭血粉丝店。

慕林白拉着小康面对面坐下:"就是这里!我上次到南京图书馆借书。时间早,就四处逛逛,无意中发现的。我试过,比学校的附近的都好吃!"他对老板说:"两碗鸭血粉丝汤,其中一份不要放鸭肝、鸭血、鸭肠,多要粉丝和香菜,另外一份不要香菜!再来一笼灌汤包!"

李小康抿嘴一笑:"你都记得啊!"

慕林白微微挑起眉,笑着:"你的事件件都是大事,都要放在心上,怎么敢忘!"老板先把灌汤包送上来。慕林白便在一个小瓷碟子里倒了满满的辣和醋,"你试试这家的辣!"

这家分量足,一笼有十二个灌汤包。每个灌汤包皮儿特别薄,几乎是吹弹可破。李小康小心地咬了一小口,吸了一点汤,只觉得汤汁又烫又鲜,再蘸着佐料吃,只觉得辣得够味,酸得正好,味道棒极了。她吃了一个意犹未尽,又去吃了一个，等她连吃了三个，发现慕林白还只是笑着坐在一边。

慕林白递过来餐巾纸，笑着说："慢点吃啊，我又不会和你抢！你再尝尝这家的鸭血粉丝汤！"

李小康吃了后，觉得特别赞，笑着说："真好吃！你自己也吃啊！"

慕林白"嗯"了一声，便慢条斯理地吃了一个灌汤包："我们学校往前走两条街有家包子做得不错，我们明天去吃吃看。"他笑了，"刚上大学的时候，我只吃食堂，死活不肯去外头小摊子上吃，被庾笃他们死拖硬拽着去的。去了几次后，我发现啊，你别看摊子小，有的味道做得确实另有一番滋味。现在我没事的时候，会四处走走转转，去街头巷尾的小铺子里试一试。"

李小康笑眯眯地说："你才知道啊！不去试试，怎么知道好吃不好吃呢！听夭夭说，她们老校区门口有家鸭血粉丝汤的店特别有名！经常要排队才能买得到！"

慕林白说："我也听庾笃说过！他应该陪陶夭夭去吃过。我们有空也去那边看看。听说他们老校区挺漂亮的。我们一块儿去逛逛。"

李小康说："好啊！去那可以找陶夭夭。不过，我好久都没怎么跟陶夭夭联系了。就过年的时候，发了祝福的短信，还是群发的那种。她是不是后来真就没找过庾学长？"

慕林白想了想，摇了摇头："这个不知道。我是自己申请提前去实习的，一个人在寝室里住。他们都还在老家呢！"

李小康说："他们都在宁大附属医院实习？"

第十一章 拌 嘴

慕林白说:"不是啊。我们医学院一个年级有两百多个毕业生吧!那么多人,附属医院安排不过来的。我们学校的实习单位在全省都有,省内三甲医院基本都接收。省外也有几家,实习地点在上海还有杭州。我们去年都填了一个实习意愿表。个人意愿再加上学校安排吧!今年分配我们实习的老师人比较好,尽可能按照我们的意愿来了!像管鸿和程浩,一个是苏州人,一个是无锡人,都安排在家实习。庾笃申请去镇江那边的医院实习了。哦,他的这一任女朋友是镇江人。"

李小康低头吃着粉丝,低声试探地问:"你将来有什么打算?直接工作,还是考研?迟早都是要工作的,你将来想在哪里工作啊?"

慕林白愣了几秒钟,然后微微叹口气:"我不知道。"

家里的意思很明确了,是要他去做管理。可他真的非常想去当医生。还有小康,小康怎么办呢?家里是不会反对他跟小康在一起的,但是他要娶她,却非常难。他大哥就是娶了门当户对人家的女儿充门面,然后在外头养了一堆人。他难道也要这样吗?

不行,绝对不行。

可是家里那关怎么过!他知道结果不乐观。记得他小时候,大哥也为了一个女孩子跟家里闹过。当时事情闹得很大,大哥差点什么都不要就带着那个女孩子离开了。可后来,那个女孩子却莫名其妙地失踪了。那段时间,大哥暴瘦,一根接着一根地抽烟,一瓶接着一瓶地喝酒,再然后,大哥就渐渐恢复过来,慢慢地接手了家里的生意,顺从地跟家里安排的大嫂结婚了。婚后一年，大嫂生了个男孩。也就是那一年，大哥开始在外头养人，除了必须和大嫂共同出席的场合，平时他连大嫂的面都不会去见。

大哥和大嫂的婚姻，看上去是天作之合，一对璧人，私底下两个人连熟人都算不上，形同陌路。

慕林白不喜欢这样。无论是事业，还是婚姻，他都不想走大哥的老路。

李小康看慕林白很久都没有说话，一颗心不断地往下沉。原来慕林白根本就没有想到以后啊！

在他心中，她究竟算个什么？

是，她感受得到，慕林白待她是真心的，可是如果没有结果，这样的真心要来又有什么用！

李小康低着头，拿筷子挑着粉丝，慢慢地吃着，方才还觉得美味的粉丝，顿时索然无味了。

慕林白下了决心，抬起头，坚定地说："小康，将来你在哪里工作，我就在哪里工作。"

他会全力争取！

医生是凭技术吃饭，他大不了苦刷技术，自己找工作，放弃掉家里给的财产。他本来就是想简单地做个看病救人的医生，不在意家里那些生意。

李小康猛地抬起头："真的？"

慕林白说这些话是真的吗？会不会只是在哄她？

她本来就敏感，没有安全感。会反反复复去想慕林白的话，会自己东想西想，去琢磨分析，尤其会往最坏的方向

第十一章 拌 嘴

去想。

慕林白点点头，笑起来：“当然是真的。你是不是放心不下李奶奶，想回家工作？那我就考你们那里吧！上次你奶奶住院，我留意过，你们家那边的医院也不错。而且环境也不错啊！山清水秀，离我老家也不远。”

对他来说，只要能当医生就好，只要能在有小康的地方当医生就好。

李小康微微低头，抿嘴一笑，然后抬起头，伸出手：“我们拉钩吧，将来一起考回我老家去！”

慕林白也伸出手，笑着说：“好啊！小康，我会陪你到老！说了啊，执子之手，与子偕老！”

李小康眼睛发亮：“拉钩上吊一百年不许变，骗人就是猪头！”她微微抬起脸，"慕林白，你要是骗我，一辈子QQ头像就只准用猪头！"

慕林白说："好啊！要是我敢骗你，一辈子QQ头像就顶着个猪头！"

李小康收了手，满意地点头："这还差不多！"她瞬间又觉得粉丝好吃起来。

慕林白晃了晃脑袋，"你说，会有我这么帅的猪头吗？猪很胖，我那么瘦！小康，你说，我是不是很瘦？"

李小康扑哧地笑着："谁知道你人到中年，会不会发福啊？说不定，变成一个圆润的大胖子！"

慕林白眨了眨眼："怎么可能！绝对不会！我绝对不会胖！"他微微侧着脸，"也许你会发胖呢！比如说胖个三十斤！"

他比画了一下，自己想象了一下画面，然后都要笑抽了，"三十斤可是好大一块肉哟！"

李小康猛地站起来，嗔怪："慕林白！你居然敢说我会胖，你必须给我道歉！快要气死我了！你居然说我会胖，你知不知道女孩子最怕别人说自己胖了！"

慕林白哈哈大笑："是你先说我胖的！"

李小康下巴一抬："我不管，你必须给我道歉！不然，不然——我可就不理你了！"她侧过脸，重重地"哼"了一声。

小康发起脾气来，就像一只炸毛的小猫，特别可爱。慕林白心情很好："我为什么要跟你道歉嘛！我们来理一理啊！你看看，是不是你先说我将来会发福啊！你说，是不是你先说的？"

李小康更不高兴了："那也不行！我能说你发胖，你不能说我会胖！我生气了，你必须跟我道歉！"

慕林白搞不清楚状况，张口要去理论，突然想起庾笃反复强调过的，跟女孩子不能讲道理，要学会哄，赶紧笑着说："好好好！我道歉！我的小康永远都不会胖。就算真胖了，在我眼里，还是很漂亮的！"

李小康又被哄好了，心里舒服了，坐了下来，嘴上没松口："力度不够嘛！我就是不会胖的！真的，我怎么吃都不胖的！"

慕林白好言好语地哄着："对对对！小康永远不会胖！在我心中，永远好看！我啊，想看你看一辈子！不对，这一辈子看不够，下一辈子，下下辈子，还要接着看！"他说到这里，

第十一章 拌嘴

忍不住在心里表扬一下自己,幸亏及时刹住了车,要再理论下去,李小康肯定会更生气。虽然他到这会儿,还闹不明白小康为什么会不高兴!

李小康吃得差不多饱了,一手托腮:"慕林白,你说这些话好顺口啊!张嘴就来啊!以前有没有说过啊!"

私底下背了好多了!慕林白实话实说:"可不!我都说了好多次了!怎么样,这一次说是不是很棒啊!"

李小康脸色顿时就变了,语气顿时僵硬了:"你说什么?你说过很多次了?"

慕林白笑着说:"是啊!你还想听啥?我再说几句?"他在脑子里简单地组织了一下句子,"说这些话,要带一点深情,效果会比较好。"他清了下嗓子,"小康,我就像喜欢一首诗一样喜欢你。对我来说,你是最好的,就像最美的夜空,最美的鲜花,最美的——"

他话没有说完,就卡在了嗓子眼。因为小康霍然站起来,抓起书包,气呼呼地跑了!

这是什么情况!

慕林白赶紧站起来就要去追,可被老板一把拖住了:"你还没结账呢!"他哪里还管得那许多,直接抽出一张一百块胡乱塞过去:"不用找了!"

老板立即松手。慕林白赶紧跑出去。就耽搁这十几秒钟,小康的身影就不见了。这一片小巷子纵横交错,慕林白真拿不准她钻到哪一条去了。他找了一会儿,赶忙掏出手机去打小康的电话。然而,连打三个电话,就是没人接听!

这到底是怎么回事啊！明明开始很好啊！怎么小康好端端的就生气了，还一跑了之！地方这么大，叫他哪里找啊！

偏偏他昨天一兴奋，忘了充电，手机现在只剩下一格电了。他这样一折腾，手机彻底没电了。

慕林白只好一个巷子一个巷子找过去。这地方他也不熟，找着找着，会在原地打转。他找了一个多小时，找得满头大汗，还没找到，心里急得不得了！

这时候，他不能着急，一定要冷静。遇到急事，必须要冷静处理。冷静下来去想，他总会想到解决办法的。

另一边李小康随便挑了一个巷子口钻了进去，跑了没一会儿，居然跑到大路上了。不远处就是公交站台。她跳上了公交车，这时候，手机响了。她心里有气，故意没有去接，等铃声自己停了。然而过了十几秒钟后，铃声再度响起来。小康还是不接。她看着屏幕上跳动着慕林白的名字，心里有点软。一分钟以后，铃声又消失了，然后再度响起。小康心已经软下来了。

这样好了，要是慕林白再打一个电话。她就去接，听一听他的解释。

车上的人不少，李小康一手扶着吊环，一手握着手机，站着。她看着窗外。现在不是车流高峰期，公交车开得还算顺当，两边的店铺慢慢地往后退。她看得心浮气躁的，时不时地低头看看手机。她已经做好了接听的准备，然而，等了大半个小时，手机没一点响动。慕林白居然不打过来了！

第十一章 拌 嘴

李小康气哭了！慕林白就是一个猪头，一个大大的猪头！

到后来，乘客陆陆续续下了车，车上只剩下李小康一个人。她还是没有坐下，而是浑浑噩噩地站着。到终点站了。李小康才下了车，四下一望，发现终点站这一带是房子拆后的废墟，很荒凉。她不知道到什么地方了！她害怕了，这时候手机铃声响起，显示是公共电话的号码。

她接了。电话那头传来慕林白焦急的声音："小康，你在哪啊？我找你找半天了！我手机没电了！你告诉我你在哪，我打车过去找你！"

李小康带着哭腔："我也不知道在哪！"

慕林白说："那你是怎么过去的？是走过去的吗？旁边有什么标志性建筑？"

李小康说："旁边什么都没有，都是建筑垃圾！我随便跳上了一辆公交车，然后就过来了。我很不高兴，脑子稀里糊涂的！"

慕林白很无奈："小康，你跑什么啊，很危险的！你的手机应该可以定位。你按我说的操作，然后我三分钟后，再打过来，你把地址告诉我。"

李小康很快就定位到自己的位置。

慕林白再打电话过来："小康，你把位置告诉我！"

李小康说了地址。

慕林白说："你在原地等我。我这就打车过去！"他叹了口气，"我知道了，我刚才不该说你将来会胖，可我不是道过歉了啊！好了，好了，小康，是我不对啦！你就别生气了，好不好?"

李小康又想起来刚才的事,生气地说:"谁生气这个!喂,你说跟别的女孩子说过那些话,我很不高兴!"

慕林白都听傻了,只觉得好冤枉:"我什么时候说过我对别的女孩子说了这些话啊!"

李小康斩钉截铁地说:"是你自己说的啊!你说你说过很多次了!而且还说这一次说得很棒!"她脾气上来了,"你在逗我玩是吗?骗人的感情很好玩吗?"

慕林白总算明白自己死在哪里了,真是比窦娥还冤啊!他特无奈:"我的意思是,我私底下练习过很多次啊!我背了好多名人写的情书呢!想尽力灵活运用!"

李小康听得都傻了:"你不早说啊!都怪你,不早点说!"

这能怪他吗?慕林白也有点生气了。从头到尾,他真没错啊!他口气也有点不好:"怎么能怪我啊!你没问啊!还有啊,你给我时间说明白了吗?你直接就跑了!我找你找到现在,快两个小时了!附近的小巷子,我全部都找过了!有的地方不止找了一遍!跑来跑去,累得一身都是汗!"

李小康有点心虚:"真的啊?"

"当然真的!"现在不是生气的时候,得先把小康安全地找到!慕林白压下怒意,尽力平和地说,"好了,我们不说这个了,你在原地等,我这就打车过去!先挂电话。我手机没电了,路上没办法联系你。你不要再跑了,就在原地等我吧!"

等慕林白赶到的时候,已经是十一点多了,就看见李小康

第十一章 拌 嘴

孤零零一个人抱着书包站在公交站牌下,四处张望。

慕林白心一下子软了,原先那点怒火就丢到爪哇岛去了,对出租车师傅说:"师傅,你等我一下,我把我女朋友带上,一起回去。"

他在公交站牌旁下了车,就看见李小康脸上闪过喜悦,往前跑了两步,却又站住了,心虚地耷拉着脑袋。他直接上前几步,拉起小康的手:"上车吧!我们先去吃饭。"

李小康有些不好意思,乖乖地让他牵上了车。她舔了舔发干的嘴唇:"我是不是有点折腾?"

慕林白点点头,然后想起来这个时候点头是不是又会惹小康生气,赶紧去看小康:"还好吧,我下次把话说得清楚点!"

李小康半低着头:"我觉得我今天挺折腾的。平时,我不这样的。我挺好说话的!就是今天不知道怎么回事,你那么说话,我就是不高兴,就是想发脾气。慕林白,你知道我这是怎么了?"

慕林白也不懂:"你问我,我问谁啊?我也没有经验!真没有!"他突然领悟到了点,嗤嗤地笑起来,"小康,我可不可以把你刚才的反应理解为吃醋了?"他心里很美,"原来你也会为我吃醋呀!哎哟,好大的酸味哟!别人是醋罐子,小康啊,你绝对是醋海哟!"

李小康猛地抬起头,伸出手指用力地戳了慕林白两下,一脸娇嗔:"你说什么呢!谁吃醋了,谁是醋海啊!你胡说什么啊!"

慕林白顿时笑软在后座上。

李小康"哎呀"了一声："慕林白，你真的很讨厌耶！"说到后来，她也绷不住了，跟着笑起来。

上一秒钟在闹，下一秒钟在笑。这大概就是恋爱吧！

DI ── SHI ── ER ── ZHANG

DUAN ── WU

第十二章 端午

第十二章 端 午

新学期很快就开始了。局解课就安排在每周五的下午。在上了两个月的理论课后,安排去解剖室上实践课。

李小康有点兴奋和害怕,毕竟即将第一次拿着解剖刀面对一具完整的遗体。

班长周应俊事先按照教局解课的林教授要求,把班上的同学分成了三组,按照学号来排的。李小康寝室四个女孩子分在了三个组。王骊和李小康在第一组,秦思思在第二组,程媛分在了第三组。李小康平时跟男同学不往来,组上的男同学绝大部分只能叫出来名字。甚至有两个,她名字和人对不上号。好在都是年轻人,课间的时候,组长刘震召集聚了一下,彼此说了几句话,就不那么拘谨了。

解剖课是下午一点半上课。李小康和秦思思、王骊三个人提前大半个小时就从寝室那边走出来了。

南京的春天很短。五月,天就炎热似盛夏,晒得人身上烫烫的。王骊临出门前不顾李小康的劝,穿了件短袖,换上了轻薄的超短裙,不穿丝袜,直接踩着凉拖:"你们不热啊?今天温度挺高的。"

李小康穿着薄薄的外套,即便是走在梧桐树荫下,也热得头上沁出薄薄的汗:"不是早说了啊,慕林白告诉我了,解剖室比外头冷,要多穿一件衣服。"

王骊不在意:"今天最高温有二十九度呢!"

秦思思穿了长袖衣服:"王骊,我包里带了件薄外套!等下要是冷,你就披着吧!"

王骊不信:"都五月了,再冷能冷到哪里去!"她摸着胸口:"想想等下要去解剖了,我还有点怕呢!"

秦思思不屑地说:"有什么好怕的!"

王骊笑了:"思思姐,我知道你胆子大,不怕!我可是听说,解剖室有很多传说呢!"她转过脸,"小康,你家慕林白有没有跟你说过?"

李小康说:"没有啊!他就跟我说了一些解剖的操作要领。唉,他最近在儿科实习,天天泡在住院部里,特别忙。我们都一天没联系了!"

王骊"啧啧"两声:"哎哟,才一天没联系,就不舒服了?你们真的好腻哟!"她抿嘴一笑,"这都两三个月了吧!你们真就只拉过小手啊!"

李小康脸顿时就红了,轻轻地"嗯"了一声。

王骊笑弯了腰:"好纯情哟!"

秦思思也跟着笑:"好了,你们打通了程媛的电话没有?我刚才没打通。昨天周应俊说了,要是这节课程媛再不来,辅导员就要找她谈话了!已经有好几个教授去辅导员那里说了,

第十二章 端　午

开学到现在，程嫒几乎堂堂缺席！"

除了开学那天，程嫒出现了。其余时间，她几乎都不在学校。好在是大学的第二学期，宿管阿姨不查寝了，这才隐瞒了程嫒夜不归宿的事。

王骊早就一肚子意见："今天我没打电话。昨天我打了那么多电话给她，她倒好，一个都不回，到了晚上，才随便发个短信，轻轻飘飘地来一句不回来了！太过分了！要我说，思思姐，小康，你们两个也别管了。腿长在她身上，她想去哪儿就去哪儿！"

李小康心里也不乐意打电话，叹口气："有什么办法呢！总不能真不去打电话。"

王骊也就是说说，毕竟程嫒是要与她们一起住五年的舍友，不能不闻不问。她说："真讨厌！程嫒出去嗨，害得我们在这里替她担惊受怕。"

秦思思早就不耐烦去搭理程嫒了，可她是宿舍长，职责所在，不得不管："这样吧！你们两个再打电话，要是打不通，我就发个短信过去。跟她说清楚了，就没我们的责任。要是学校要追究她，她也怪不到我们的头上。"

王骊掏出手机，拨打了程嫒的号码："程嫒到底在干什么啊?!"她很少去吐槽别人，也忍不住说，"就为个男人，至于嘛！"

李小康也试着拨打程嫒的电话号码。不出意外，电话还是没有打通。

秦思思一边走一边编辑短信："我们也算仁至义尽了。"正如王骊说的,程媛有腿,不想上课,她们又不能把她绑过来!

解剖室在实验楼的负一楼,一年四季照不到阳光。刚走进实验楼,李小康就觉得里头比外面冷一点。

下了楼,到了解剖室,她们就闻到了福尔马林的味道,觉得这里阴冷潮湿,让人很不舒服。

王骊穿得太少了,哆嗦了一下:"真冷!"

秦思思从包里取出薄外套,递过去:"快穿上吧!"

王骊也顾不上搭配了,赶紧穿上,胆怯地左右看了看,口气里有点发抖:"听说啊,我也就是听说。这里闹鬼!思思姐,昨天你不是也在啊,就是那个刘震说的,说得有鼻子有眼的!"

离上课的时间还有三十分钟,这里没人,安静得只听见她们轻一声重一声的呼吸声。李小康心里也毛毛的:"不会吧?"

王骊很害怕:"刘震说的,好像前几届有人亲眼见过有穿白衣服的鬼就那样飘啊飘地飘过来,特别恐怖!"

正说着,前面快速飘过一个白色的身影。

王骊吓得尖叫,李小康也"啊"了一声。只有秦思思很镇定:"刘震,你少来吓人!"

刘震便从拐弯处走出来:"秦思思,你怎么不怕啊!"他来得更早,已经套上白大褂,戴上手套,听到女孩子的声音,话里又说到了鬼,就想去逗她们一逗。他抄起另外一件白大褂套在头上,踮起脚快速地穿过走廊,扮鬼去吓她们。

王骊拍拍胸口,缓过来:"吓死我了。"

李小康说:"也吓我一跳。"

只有秦思思自始至终面不改色,瞪了刘震一眼:"吓人很好玩吗?"

刘震嬉皮笑脸:"好玩啊!可惜你没有被吓到!秦思思,你胆子真够大,够味儿!"他朝秦思思竖起了大拇指。

秦思思没搭理他:"无聊!我们走吧!"

刘震追上去:"一起啊!王骊和李小康都跟我一个组的,还要一起做呢!哦,在隔壁套上白大褂,就在那个房间!"他硬跟上去,往秦思思跟前凑,"秦思思,我有事找你呢!校学生会有个长期志愿活动马上要招募志愿者了。就是去附属医院导诊、陪护,每周去一次,一次半天,你去不去啊?正好有机会在医院里待着呀!而且综合测评能加分!"

平日里,这刘震没事就会在秦思思面前晃悠。王骊瞧出点端倪,抿嘴一笑,就去看秦思思:"我报名了别的志愿活动,就不去了。思思姐你去吗?"

秦思思有点绷不住脸:"去呗,小康,你去不?"

旁边的李小康眼前一亮:"是去附属医院吗?我可以报名吗?"

刘震说:"当然可以啊!"

局解要上一个下午。林教授讲解了二十分钟后,并没有让大家立即动手。他说:"躺在你们面前的不仅仅是遗体。他们都是人,都很无私,很伟大,捐献出遗体,为医学做出了贡献。请大家尊重他们,然后珍惜每一次的动手机会。"

说完后,他示意大家可以开始了。

小康这一组有几个早就跃跃欲试了。两个男生手脚麻利地拉开了包。一股浓烈的福尔马林的味道冲上来，有人惊呼："好瘦啊！"

这具遗体生前是一位中年男子，个子很高，估计有一米八，但去世时却瘦得只剩下一把骨头。

这位中年男子究竟是从哪里来，遭遇过什么，心里是怎么想的。这些问题，在场有那么多人，却没有一个人能回答出来。而且，大家都在叽叽喳喳讨论怎么解剖，没人关心这些问题的答案。

一个人一生所有悲欢离合，那只是他自己的故事，对别人也许是没有意义的。也许真的只有天知道，还有当事人知道。

下班之后，慕林白陪着李小康吃晚饭。

李小康心里闷闷的，拿着筷子戳着米饭："我今天有点难过。今天解剖的是一个中年男子。大家都顾着解剖，没人真正在意他的过去。"

慕林白笑了："因为对你们来说，这些没有意义啊！他捐献了遗体，你们认真解剖，就是最好的处理办法啊！"

李小康半低着头："可是我会想啊？他以前活着的时候是什么样子的？遇到了什么，为什么会来这里？想了好多好多，然后想着想着就难过。因为除了躺在那里的他，这些问题啊，真的没人回答得出来。"她微微抬起脸，眼角隐隐有光，"以前读到一句词，'此情惟有落花知'，说得大概就是这个感觉吧！"

第十二章 端　午

慕林白不太明白李小康为什么那么伤感:"别想太多了!"

李小康定定地抬起头看着慕林白:"慕学长,将来,我是说,万一啊,我们因为种种原因,最后没办法在一起。然后再过了多少年,是不是没人知道我们的事。"她几乎要哭出来了,"肯定不会有人知道,肯定不会有!"

慕林白一头雾水:"小康,你怎么了?怎么想那么多啊!这怎么可能!"他好言好语地哄着,"我们怎么可能不会在一起!我说过的啊,我要陪你一生一世。我说得到,做得到!你看我什么时候骗过你呀?"

李小康认真地问:"真的?"

慕林白说:"当然是真的啊!"

李小康突然又笑了:"好吧!那我就相信你!"她眨了眨眼,"不准骗我!骗我你就是猪头!"

慕林白没闹明白李小康情绪为什么会忽好忽坏,就顺着说:"我上次不就答应过你!要是我骗你,这一辈子QQ头像就是猪头!喂,你说头像是白猪头,还是黑猪头好看?"

李小康想了想:"还是白猪头好看点!"

慕林白笑着说:"错!"他眉飞色舞地说,"都不好看!我头像以后坚决不用猪头!我不会给自己机会去用猪头头像的!因为,我们会永远在一起。"

永远究竟是多远?

李小康想问一句,可最后还是没有问。

因为问了,没有意义。

她只是笑了笑:"好!"

有时候，她不想往下想，因为越想越觉得她和慕林白很可能没有永远，就会很难过。可是，和他在一起，确实是快乐，无与伦比的快乐。

所以她一边犹豫着想远远逃开，一边又义无反顾地顺着本心去靠近。这种感觉，矛盾，纠结而又热烈。

人生的每一场相遇都是缘。既然有缘，那她就顺着缘分一步步走下去。

人生不到最后一刻，谁知道会遇到什么事。

也许，她和他相依相伴地走着，就一起走到了人生的尽头了！

端午节正日子是周二，那天要上课。小康和慕林白就周末去了徽城，提前两天陪李奶奶过节。

周六的清晨，天光擦亮。李奶奶早早就站在门口等，老远就笑着招呼。慕林白和李小康赶紧跑过去。

李奶奶说："小慕没吃吧！小康，粽子煮好了在锅里，你快带小慕去吃。捆两道的是肉粽，捆三道是豆沙的。"

艾叶早就扎成几束，摆在了家里的各处。慕林白一进门，就闻到了艾叶香。他说："李奶奶，你不用那么早等我们的！"

李奶奶早就把慕林白当将来的孙女婿看："没事。反正睡不着。小康，你快去泡茶！堂前钟旁边的绿罐子里是今年的新茶！"

李小康跑进去泡茶："奶奶，吴嫂呢？"

第十二章 端 午

李奶奶说:"请假回去了。端午她儿子要把女朋友带回家,讲是过年要摆酒!"她说,"你们吃粽子去。我等下去市场上卖菜。"

院子里搭起了架子,爬满了绿色的丝瓜藤。藤间开着黄色的丝瓜花。小小的丝瓜藏在叶子中。偶尔风过,丝瓜、叶子、黄花都在轻轻颤动。院子的另一边种着辣椒和西红柿,矮矮的两排,碧色叶子下面的辣椒和西红柿红了大半。

两个竹筐放在旁边,有一个已经摆了十七八条丝瓜,另外一个放着西红柿和红辣椒,刚摘下来的,看着就很新鲜。

慕林白说:"我来帮忙吧!"

李奶奶忙说:"不用不用!"她拿扁担挑起竹筐,往外走,对里喊,"小康,快带小慕去吃粽子。我去菜市场,早点去,早点回来。"

这是惯常的事。而且附近一带要拆迁重建。有人来测量过了,李奶奶把字签了。这房子住不了多久了。奶奶以后不会有这么大的院子去种菜,累不到几回了,就随她高兴吧!李小康没拦着,泡好茶,走了出来:"好啊!奶奶,我们吃好,就去菜市场找你。"

慕林白走到厨房里,揭开锅。他自己剥粽子:"我吃豆沙的。"他笑着说,"小时候,我家吃的粽子,都蘸着糖吃。端午都是吃'午时蛋',还要用'午时水'洗澡。"

李小康很好奇:"那是什么?"

慕林白回忆了一下:"也没什么,就是很多药草晒一晒后,再去煮蛋，煮洗澡水。我很小的时候，我奶奶会给我额头上抹雄黄，点一个点。"他比画了一下，"我老家那边有一种螺叫'麦螺'。端午的时候又大又肥，味道好极了，我一次能吃大半盘。还有句话呢，'初一糕，初二粽，初三螺，初四艾，初五爬一天，初六嘴企企。'爬一天就是爬龙舟，我们那年年初五都有赛龙舟呢！"

李小康笑着说："我们也有赛龙舟比赛呀！过两天就有。不过没时间去看。"就这两天时间，还是慕林白想办法调班凑出来的假。

慕林白说："以后总有机会看的。小康，你以前说很多村子很漂亮。就是交通不便，不好去！我们这两天去一个看看吧！下午去吧！我前段时间看过汽车站的时刻表，白天都有班车去的。"

李小康说："去没有问题啊！不过，下午去，晚上就回不来了！"她说到这里，差点咬到舌头，脸涨得通红，支支吾吾地说，"去玩可以啊！晚上一定要回来。"

慕林白脸也涨红了："可这边交通不方便。我们下午去的话，就只能在村子待一晚才能回来吧！晚上——真没班车。"他声音有点抖，"你答应过的，陪我四处去看看。"他此地无银三百两地解释着，"我没别的想法，就是单纯想四处去看看！你看啊，皖南这边风景多漂亮啊！"

李小康别过脸。

慕林白就去拉小康的手，呼吸都不太稳了，"去哪里都行，只要远一点的都行！这边处处是美景啊！"

第十二章 端　午

再美的景，也比不上眼前的小康。

他们都是男女朋友了。到现在，他还只是牵过小康的手！到了乡下，他们独处，他肯定可以好好抱一下小康！

李小康很不好意思，脸烫得不行。她想跟慕林白去看风景，但是又不想跟慕林白独居一夜。她实在是害羞，她想了想，低低地说："我知道去哪里好了！要不，我们去三阳吧！晚上有长途汽车经过。我记得我同学老家就是那的。她在杭州读书，坐过晚上的汽车直接到过那！要是没有车的话，我们还可以去她家借宿。她老家房子大，房间挺多的。"

慕林白悄悄地留意着小康的神色，看她不乐意，就把那点小心思收了起来："那好！等奶奶回来，我们就去！"

汽车站就在李小康家前面不远的地方，搭车特别方便。

李小康"嗯"了一声："不过，我还是想早点回来。想多点时间陪陪奶奶。我们尽量当天往返吧！"

慕林白答应了。

夏日的三阳，风光秀美。一条小溪蜿蜒地穿过古老的镇子。慕林白和李小康手拉手，沿着溪水慢慢地走着。夹岸梅树，枝叶繁茂，翠色如水。河水两边是徽州人家，粉墙黛瓦，一座房子密密地挨着另外一座房子。每隔一段路，屋舍之间就会有弯曲的小巷。小巷子都有些年头，随处可见青苔点点。

慕林白说："真漂亮！"

李小康笑着说："可惜没在梅花开的时候来。要不然，更漂亮。"

溪风吹在身上，很是舒服。慕林白："现在就很好了啊！"

他的身旁，有风，有云，有水，有梅树，有古镇，有小巷，还有他的小康。

李小康说："这条溪就叫梅溪。水挺清的。不过，也不算最清的。往山里头走，没有什么人的话，水都可以直接喝。"

慕林白说："你以前来过这里？"

李小康笑着说："对啊！我去我同学家玩嘛！我同学叫洪茜，就住这附近。她老家房子就在前面拐个弯，再走一段就到了。哦，我看今晚肯定有车，就没跟她说我来了。反正她肯定不在家。"

端午不放假，又到了期末考试月，绝大部分学生都不回来。

慕林白说："嗯。现在快中午了。我们去找家饭店吃饭吧！你知道哪家店好吃吗？"

李小康说："不知道呀！我来过两次，都是在洪茜家吃的。我们随便找个地方吃吧！对了，往这边走，就是洪氏祠堂。洪茜带我来过，在门口转了转，没办法进去。哦，还有那一边，好像唱阿庆嫂的洪雪飞以前在那里住过，门也锁着。然后这里还有一个书院，也不能进去，就只能在外面看一看。"

走到书院大门旁边，慕林白停下了步子，抬头看看匾额，上头竖着写了四个秀美的字"梅溪书院"。字迹很暗淡，匾额旁边的木雕也蒙上了灰，都是岁月的痕迹。

李小康也跟着抬起头，看见匾额旁边有蜘蛛网，莫名其妙有点伤感："都这么旧了！"

慕林白说："那肯定啊！古色古香才好看！"

第十二章　端　午

李小康说:"这里以前也新过吧!"

在这片土地上,有那么多代人。那么多代人留下了那么多的故事,除了留下这些断井残垣,其余的都烟消云散了。

是啊,她和慕林白现在是好好的,可三年五年以后呢,又会是个什么光景?

李小康总是胆怯的,觉得和慕林白在一起的时光像是很不真实的梦,美如童话,总觉得有一天梦会醒过,童话会回归现实,总觉得这样的聚是短暂的,更久远的是散。

她更在乎过程,要把每一天掰成无数个片段,慢慢去过,细细去品。毕竟,这些都是将来要拿来作回忆的,去温暖以后如灰烬般的岁月。

她咬着唇:"阿白!"

慕林白站住了脚步:"怎么了?"

李小康鼓起勇气,踮起脚,慢慢地靠近慕林白的侧脸,然后轻轻地贴了上去。

慕林白脸瞬间就烫起来,只觉得脑子一片空白,傻站在了原地。等他回过神,李小康已经站到离他一米远的地方,红着脸装模作样地看溪水,只拿眼神去瞟他。

慕林白心里很热,有一大堆话积攒在肚子里,可就是倒不出来,一个劲地傻笑着,拉着小康的手:"真好。你在,真好!"

突然,李小康的手机响了。她拿出来一看,愣了一秒钟,居然是她爸爸打来的!这么多年了,她爸爸给她单独打电话的次数屈指可数。她接了:"喂,是爸爸吗?"

电话那头传来一个中年女声："不，是我，你阿姨。你爸爸正在给你奶奶办手续。"话音是温柔的疏远，她停顿了一下，"你这孩子怎么到处跑啊！放假回家也不去陪你奶奶。亏你爸爸以为有你经常回去看着，你奶奶不会有什么事！你奶奶心脏病又犯了。这次没有救过来。你爸爸很伤心也很生气。"

李小康脑子就嗡地一声响，顿时一片空白："你说什么，我奶奶怎么了！"

对方客客气气地说："天太热，你奶奶倒在院子的菜园地里。还是大门开着，邻居路过的时候发现的。送去医院的时候，人已经没了。你说你这孩子，要是你今天在，你奶奶就不会有事了。你爸爸发了很大的脾气，还是我劝住的。毕竟，你这个年纪贪玩不顾你奶奶也是有的。听阿姨的，现在回来跟你爸爸认错。"说完，她就挂了电话。

天很热，但李小康感到浑身都冒着森森的寒气，觉得对方的每一句话就跟冰刺似的，一根根扎在她的心上。就那几句话，落在她耳里，凑不出一个完整的意思。

慕林白在旁边看着，吓了一大跳："小康，你怎么了？你奶奶怎么了？"他去握小康的手，发现她的手冰凉的。

过了好一会儿，李小康才恍恍惚惚地说："她说，我奶奶心脏病发作去世了。"然后她哇的一声，失声痛哭。

李小康没能见到李奶奶的最后一面，甚至连李奶奶的葬礼，李文博都强硬地不允许她出席。

没有李奶奶在，原本就厌恶李小康的李文博，在现任妻子

第十二章 端　午

有意无意的引导下，把李奶奶的去世归因于这个女儿，就更不待见她了。

周六，天下着雨。李小康和慕林白一早就站在公墓门口去等。上午九点多，一串车队驶过来，在空地上停下，然后陆陆续续有人从车上下来。打头的是李文博和他现任妻子，之后抱着骨灰盒的是李小康从未见过的弟弟李睿，再后面跟着许多人，有几个人在撒纸钱。鼓乐班子一路吹吹打打，十分热闹。

李奶奶生前挺寂寞的，死后反倒风光大葬。李文博看到李小康他们，当没看到，直接走过去了。

李小康哭肿了眼睛，泪眼婆娑地看着李奶奶的骨灰盒在爆竹声、鼓乐声和哭声里被捧上了山。

慕林白说："小康，尽心就好。"

李小康很自责："你说奶奶会不会怪我。要是我那天在就好了，在的话，奶奶就不会有事了。要是我在就好了，奶奶就会好好的了。"

该劝的话都已经劝了不知道多少句了，慕林白也不知道怎么劝："小康，你奶奶看到你这个样子，一定不会放心的。她那么疼你，肯定希望你好好的啊！"

李小康哭着说："爸爸怪我。阿姨也说是我爱玩，跑出去不太好。这几天很多人都在说是我不好。他们都说是我害死我奶奶的。你说奶奶真的不会怪我吗？她肯定怪我啊！"

慕林白说："别听他们的。"李小康看不明白，慕林白却门儿清。要拆迁了，房子再加上院子的拆迁款可不少，李文博妻子动这些心眼不奇怪。他说:"小康,别想那么多。反正其他人你平时也不用来往。至于你爸爸——过些日子就好了,毕竟你是他女儿啊!"

他劝了良久,李小康才好一点点。

第十三章 误会

第十三章 误 会

两个月后,那一带拆迁正式启动。果然跟慕林白料想的一样。由李博文妻子出面,给了李小康五万元,言明是李小康这几年的学费和生活费,他们尽到了抚养责任,让李小康以后都不要去找他们了,绝口不提房子拆迁款的事。

慕林白劝李小康去多要一点。可李小康低垂着眼睑:"算了。反正奶奶走了,我也没有家了。"

慕林白看到李小康尖了一圈的脸,满满都是心疼:"小康,以后我就是你的家。我们将来会结婚,会白头到老。"

李小康轻轻地"嗯"了一声。

她没有那么乐观。慕林白家里一看就很好,而她呢,原来也就是普通人家,现在就更糟了。

看得出来慕林白是真心的,可他的父母呢?

李小康不想去想。反正大二她更忙了,忙得有了空闲就想睡觉,根本分不出时间去想其他的。课程更重,她学习之余,除了抽半天时间做志愿者,还兼职做家教。宁大学生的行情是家教一小时四十块。她找了一家,一周三次,一次三小时,再加上她来回坐公交车需要一个多小时。每周得花十三四个小时在这上头。

基本上，李小康大段的空余时间是没有了，再加上慕林白又回他老家去实习，两个人空闲时间不一致，没办法每天长时间腻歪在一起。偶尔在QQ里碰上了，他们说不上几句，其中的一个就要去忙了。

起先，李小康有些不习惯，觉得慕林白没有最初那么上心了，会胡思乱想，然后越想越难受，甚至会难受到整夜整夜地失眠。后来，她慢慢也就习惯了。反正想这些除了让自己难过外改变不了现状，所以最好就不要再去想了。

道理她都懂，可她不可能做到所有时间都理智。到了深夜，或者受了委屈的时候，偶尔的，她也会掉进难过的死胡同里，若是慕林白没有时间理她，她就怎么都走不出来。

很依恋他，就像是溺水的人抓住的浮木，李小康明知道这些只是情绪，可就没办法控制自己。

毕竟，最亲的人，她有的，只有一个他了。

忙碌的时间总是过得飞快。一转眼一学期就过去了。大二下学期，李小康又找了一份家教，更忙了。慕林白依然在老家。两个人的联系不多，一天下来可能就寥寥几句话。

李小康觉得有些惶恐，原本两个一天到晚都有说不完的话的人，突然话就少了。她明明还是有很多话想去跟慕林白说的，可是慕林白却总是没有时间听。她很害怕慕林白突然就从她的世界消失，很怕再被人放弃，最后她又一个人孤零零的。

第十三章 误 会

那样的感觉太糟了。

害怕像一个巨兽撕咬着她的心。她只要有两分钟的空闲，就会去看手机，可手机上没有慕林白的留言，他的头像大部分是灰色的。

每次看到没有慕林白的留言，看到他灰色的头像，李小康心底有一块地方就会隐隐地痛一下。然后她拼命地告诉自己，下一次一定要再克制一些，不要总是去看手机。

可惜克制不了。

只要有一点点空的时间，李小康总是会忍不住去看，用几句话概括一下，去跟慕林白分享她的生活。

日子波澜不惊地过着，天气一天比一天热起来。偶尔的，慕林白会从老家来学校，和李小康坐一坐。每次见面的时间都很短暂，慕林白似乎有事瞒着她，行动有些神秘，说话也是吞吞吐吐的。

李小康更患得患失了，想去问，但又怕问出自己不想要的答案，索性就不开口问了，只随便说一说闲话。

她心里很没有底气。她以前就觉得他们的将来很渺茫，现在就更觉得了。

这一天，李小康戴着志愿者的红色袖章和周应俊、秦思思、刘震一组做导医。

附属医院人声鼎沸。中央空调开着，但似乎没什么用。李小康穿着长袖，觉得很热。有很多人来找导医问问题。李小康一直在忙，半天下来，说得口干舌燥的。好在这样的志愿服务,她做了一年了,对病人和病人家属提出的各种问题都能游刃有余地应对。

中午几个人一道去附属医院食堂吃饭。刘震端着餐盘说:"我刚才看了,有一个科都挂了八百多号了!简直不是人过的日子!"

周应俊接口:"没办法。越是大医院越忙。而且还不好进。附属医院不收本科的。我们想去考,得有研究生学历。"

现在工作都是自己找的。所以,尽管才大二,同学们多多少少都考虑过将来的出路。有些同学从现在开始就在准备考研了,周应俊就是其中之一。他问李小康:"李小康,你打算考研不?"

李小康回答得很干脆:"不考了!"

周应俊很意外。李小康专业成绩可一直是班上第一!他下一秒钟就想明白了:"哦,你是要跟慕学长一起出国吧?"

李小康愣了:"出国?慕林白要出国?"

周应俊反应很快,目光躲闪了一下,马上改口:"对啊!你家慕学长学习挺好的,可能想出国吧?"

李小康脸色很不好看:"你骗我!到底是怎么回事?"

周应俊很为难:"其实,也没什么。"

李小康逼问:"你告诉我吧!肯定有什么!"

周应俊被逼问得没办法,只好说:"那天我去老师办公室。听到慕学长那一届的辅导员刘老师跟我们盛老师聊天,说慕学长要出国了,手续,他们家里都替他办好了。"他说到这里,看了李小康一眼,"也许是我听错了吧!"

第十三章 误 会

刘震插话:"应该不是空穴来风。我跟慕学长的舍友管学长熟。前几天喝酒,他喝多了还说慕学长真舒服,根本不需要找工作。他考来考去,只考到南京的一个小医院里。你们听过慕氏医药集团吧？那就是慕学长他们家的！"

李小康脸色都白了:"思思姐,你知道这事吗？"

到了快毕业了,尽管慕林白再低调,有些事也捂不住了。医学院几乎人人都知道慕林白是慕氏医药集团的二公子,含着金钥匙出生,根本不用为出路担忧！背地里,程媛还有别的班的女孩子对李小康羡慕嫉妒恨。只说李小康运气真好,一进大学就钓到了一个金龟婿,下半辈子不用愁了。

秦思思和王骊也听说了,都替李小康捏了一把汗。有钱人家的日子哪里那么容易过！可看李小康和慕林白这两年处得挺好的,她们除了祝福,也不想多说什么。她说:"小康,你和慕学长好好处着,不就行了嘛！"

李小康脸色泛着白。

事情要是真能那么简单就好了！

她掏出手机就去拨打慕林白的电话。可是拨出去了很久,电话没有人接听。这不对！昨天慕林白才来的学校,不用上班,又没有课,怎么就没时间接电话呢！李小康心里觉得一阵一阵地凉,无端由地泛着凉,就感觉浸在冷水中,寒浸骨子里。

一个电话打不通,她接着打。还不通,她继续打。可打过来,打过去,慕林白的电话始终无人接听。

周应俊和刘震很尴尬。秦思思劝说:"小康,也许慕学长在忙……"她说这话,都觉得自己说得很假,"也许慕学长在休息,没看到吧!你待会儿再打吧!"

李小康没有理会,继续拨打电话。可这一回,电话那头传来温柔却不带一丝情感的女声:"您好,您拨打的用户已关机,请稍后再拨。Sorry……"

李小康脸色惨白,浑身轻轻地哆嗦。她饭也不吃了:"思思姐,你帮我收拾一下。我去去就来。"她捏着电话,就冲出去找慕林白。

现在是饭点,来坐电梯的人太多。一堆人挤在几个电梯的门口。她来不及等了,直接走楼梯。她也不知道哪里来的力气,跑得飞快,一鼓作气就跑到了楼下。

午后,风和日丽。阳光照在她的身上,李小康才勉强感觉找回了一点热度。她渐渐冷静了下来。在一棵大树下的长椅上坐下,她打开手机,把所有能和慕林白联系的方式都用了一个遍,可依然找不到慕林白。

明明今天早上,他们还好好的。

早上的时候,慕林白跟她一起吃了早饭,说了"早安",还说要给她一个惊喜。可就几个小时的时间,怎么就天翻地覆了!

李小康霍然站起来。对了,早上的时候,慕林白说他会在寝室。秦思思说得对,肯定是慕林白睡着了。不然,他绝对不会不回她信息的!

秦思思不放心,追下来:"小康!"

李小康正准备去慕林白的宿舍:"思思姐,我去他宿舍找他。"

秦思思说:"你先打个电话吧!给他舍友打电话!刚才刘震不是说了,他跟管学长熟悉,肯定有管学长的号码!"

李小康稍稍安心一点:"我有管学长的号码。对!管学长是住在宿舍里。"她去拨了管鸿的电话,电话很快就接通了。她问:"管学长?我是李小康。"

管鸿正准备午睡:"哦,是李小康啊!什么事啊?"

李小康尽量用平和的口气:"哦,也没什么事,我没找到慕林白。他去哪里了啊?"

管鸿很意外:"你不知道?他没跟你说啊?"

李小康说:"没啊?"

管鸿照实说:"那我也不知道他去哪里了!刚才他把剩下的书收拾了,就拖着行李箱直接走了!"

李小康倒抽一口冷气:"那他还回来不?"

管鸿说:"不知道啊!我们已经拿到毕业证学位证,毕业照也照过了,就差一个毕业典礼。毕业典礼嘛,人不过来也成!之前,他就让我把不少东西都寄走了。他每次走还带走一批书。现在寝室里,他什么东西都没有了。咦?小康,你不知道呀?"他停顿了一下,"难道他真不声不响出国去了?"

管鸿后来的话,李小康一句也听不进去了。

她不知道自己是怎么走回寝室的,满脑子都是慕林白走了,没有告诉她,一个人拎着行李箱就静悄悄地走了。走的时候,没有一点点征兆,他走得就那么地自然,仿佛只是出去了一会儿,很快就会再回来。

可是，慕林白会回来吗？

她希望他能回来，无论多久，她都愿意去等着。

只要他肯回来。

可她不知道，一点都不知道，他会不会回来。这是从来没有过的！如此彻彻底底，不留余地，他就消失了！

快两年的时光就像流星划过漆黑夜空，只是亮了一瞬，然后就成了灰烬。不对，连灰烬都没有留下来。

除了记忆，李小康一无所有。

也许会回来吧，也许他永远也不会回来了。

坐上公交车，慕林白习惯性地摸出手机，想把好消息跟李小康说。下一秒钟，他就压住了这个念头。既然是要给小康一个天大惊喜，那他就不能剧透，要不然效果就要打折扣了！可他真的很想说，手指按好小康的电话号码，犹豫了。他再想了想，没有拨出去。

这可是他准备已久的惊喜啊！必须要挑个好时间，好地点，当面慢慢地说，最好要有很好的气氛！

虽然小康很少说，但他知道，小康很敏感，一直患得患失的。但他只要做好这件事，小康一定会很高兴，会很安心。

他一想到能看到小康脸上灿烂的笑容，心里就幸福得不得了，整个人都要飘起来。

虽然家里为了逼他出国给他施加了很大的压力，现在还冻结了他的银行卡，但这些都不要紧。他已经考上了徽城人民医院，明天就可以去上班了。有这份工作，他不靠家里，就能

第十三章 误会

给小康一个家。

这段时间,他一直忙着在徽城安家的事。猜到家里可能会断了他的经济来源,他半年前就取了一万元现金出来,现在才没有捉襟见肘。

房子三个月前就租好了,在医院附近,一个月房租三百五十块,水电费自理。他付了一年的租金。房子挺旧的,一室一厅一卫再有一个小厨房,不大,也就四十来平方米,还顶不上他自己家里的一个房间那么大。但慕林白却很满足。

在家里,慕林白从没有做过家务,可为了小康,他一点点摸索。花了很长的时间,他才把房子收拾得很好。

交了房租,还剩下五千多元。慕林白每一分钱都要精打细算地花。好在家具是现成的旧家具,但给他擦得干干净净。墙纸是他在网上买来,自己亲手贴上去的。小康喜欢白色。他就挑了现代简约风格的白色墙纸,墙纸上有银色的竖条纹。客厅和卧室的窗帘是请人做的。米黄色暗花窗帘看起来很温暖。

房子里锅碗瓢盆和被子垫絮都没有。慕林白就一趟趟地跑超市,搬来了电磁炉、电饭煲、大碗、小碗、圆盘、调羹、筷子、大米。这些是必须的,至于其他的,等他发了工资,再一点点买。

毕业了,他寝室里那些被子垫絮都可以搬过来。车费比快递费高多了,慕林白就托管鸿把那些连同衣服和小电风扇邮寄过来。

家里开了网,慕林白又跑几趟学校,饶是再节省,这一串花销下来，他身上也就剩下七八百多元。医院是下个月发上个月的工资。所以，这些钱，他更得省着一点花。

不过厚重的医书邮寄起来很贵，所以他就趁着每一次必须去学校时，搬点书走。他身边的这个箱子里就放着最后一部分书。

慕林白心里高兴，总算可以松一口气了。

他没有什么大的想法，以前只是想好好读书，干临床做一个好医生，现在在他的规划里添了一条，和小康好好地相守一辈子。

有了小康，他心就特别温柔，特别宁静，特别安定。

余生，他都想在有小康的世界里。

想到以后和小康在一起的生活很美好，慕林白嘴角就忍不住高高上扬，食指弯曲，轻轻地叩着面前的椅背，一下又一下的。他哼着轻快的调子，脑袋微微地晃了晃。就这样畅想着，困意席卷上来，慕林白慢慢地睡着了。

发现手机不见的时候，慕林白已经在去徽城的火车上。他慌了，把行李和身上的口袋翻了个底朝天，找了好一会儿，还是没有找到。

他回想了一下，想起来自己在公交上眯了一下。也许就是那会儿，手机给人顺走了。丢的是南京的号码，他人在徽城，没办法去补办同号的卡。好在上班后医院会安排工作电话号码，一次充话费，送一部便宜手机。原本他也是要换徽城当地的手机卡的，正好可以凑合着用。反正家里有网，他也可以通过网络和小康联系。

到站是晚上九点多,县城已经没有了公交。慕林白舍不得打车,就背着书包,拖着行李箱一路小跑。夏日的空气很燥热,慕林白跑得满头是汗,T恤都被汗水浸湿了,贴在了他的背上。

有差不多十多个小时都没和小康说话了!这是从来都没有过的事情。再忙,他也会抽空给小康留话,哪怕是留一两个字都行。他跑到了家,顾不上换衣服,先打开电脑,然后登录QQ,慌忙中他没有区分大小写,密码输入错误。等他再去输的时候,QQ就提示因为他的账号可能被盗了,就暂时冻结了他的账号,提示他需要手机短信验证。

可他手机丢了!

他换其他方式去找回,一步步地来,到了密保问题的时候,他卡住了。当初还是庾笃帮他申请的,那三个密保问题的答案,他根本就不知道庾笃帮他是怎么填的!而庾笃的电话他不记得了,也没办法联系到。

好在除了QQ,还有其他的联系方式。慕林白就去登录人人网,给小康发站内信:"我到徽城了。小康,我手机丢了,QQ给冻结了,所以没办法很快回复你,你这次放假回一趟徽城吧!什么时候到,站内信给我哈!我去接你!"

发完了留言,慕林白放下了心,站起来,环顾了一圈他自己的窝儿,心里是满满当当的幸福。

凌晨两点多,万籁俱寂。李小康睁着眼睛流着泪。这都多少个小时过去了,手机依然冰冷冷的。没有电话,没有短信,QQ也没有留言,李小康的心就像是渐渐熄灭的火,起先还能跳动,慢慢地只剩下了灰烬。

毕业生的宿舍,宿管阿姨已经不管了。李小康冲进去看过,慕林白的寝室里,已经没有了他的任何东西。

好朋友们都挺担心她,一个劲地陪着她劝着她,一迭声痛骂慕林白是个渣男,居然玩消失!

李小康一言不发,好半天才说一句:"不会的,慕林白不是那样的人。以前他再忙,做什么都会跟我说一声。"

替慕林白辩解了这一段,她自己捂住了口,失声哭了起来。她自己都说了,那是以前的事了。

这段时间,学校里有太多类似的故事。很多对恋人在毕业时分开了。多她和慕林白这一对不多,少他们也不少。

在每个故事里,每个人的命运都跌宕起伏,每个人的情绪都如汹涌波浪。可在外人看来就是几句闲话。

第十四章 意外

第十四章 意 外

再难过,日子总是要过的。期末考试后,宁大志愿者协会、学生会联合组织的去汶川服务的第二批志愿者就要赶赴四川。

负责这次活动的是周应俊。李小康找了他,早就报了名。这段时间,她一直在给自己找事情做,不想让自己空下来。因为一有空,她就会想起慕林白,然后是锥心刺骨的痛。她连网都懒得上。原本她上网就是为了和慕林白说话。现在没了慕林白,她也不想去打开那些社交软件了。

坐火车去成都,要一天半的工夫。除了宁大的十三个学生,同行还有宁大附属医院的医护人员。医疗救助志愿者四十来人,由附属医院的副院长王一珵带队。他们根据救灾指挥办的统一调度,到成都后,再做安排。

这段时间,周应俊没事就去找李小康。一上火车,他就跟人换了座位,坐到了李小康的身边:"小康,我突击看了好些书。这次可能会碰到炭疽吧!我特意看了治疗的方案!你有没有看啊?要是没有的话,我教你呀!"

去志愿灾区医疗的主要靠真正的医护人员,他们这些医学生就是去搭把手的。

病人并不会挑所谓的常见疾病去生病,医生在现实中可能会遇到罕见病,所以医书上的每一行字都是重点。跟慕林白在一起后,李小康养成了做任何事情都会尽可能全面地做好功课的习惯。

她说:"除了炭疽,还可能发生流脑、麻疹、流感、霍乱、甲肝、伤寒、痢疾、感染性腹泻、肠炎、乙脑、黑热病、疟疾、鼠疫、流行性出血热、狂犬病、破伤风、钩端螺旋体病等。"她从书包里掏出一个笔记本,递了过去,"每一种病的症状和治疗方案,我都做了些摘抄。不过,我没有实际经验。具体是什么样子,也不知道。我看了一些资料,大体上遇到发热和腹泻的病人,需要谨慎一些吧!"

周应俊接过笔记本,张大了嘴:"小康,你好厉害!"

王一理正好从旁边经过,听了一耳朵,就站住了:"笔记本可以给我看一下吗?"

周应俊、李小康这些学生都站了起来。周应俊赶紧恭恭敬敬地把笔记本递过去。

王一理接过后,翻到第一页,上面写着李小康三个字。他快速地翻了翻,一目十行地看过去,然后把笔记本还回去,眼里微微露出赞许:"不错。"他没再多说什么,就走开了。

周应俊坐下来后,仔细地去看笔记本,一行行地看,很佩服:"这么多,你什么时候整理的?"

李小康说:"就这几天吧!查了不少书。我在图书馆还找

第十四章 意 外

到一本《公共突发事件医疗应对——高级灾难医学救援手册》，是美国布林斯写的，去年年底出版。我把书借了出来。可惜，我没找到国内系统写灾难医学的书籍。"

周应俊问："你都看完了？"

李小康摇摇头："没有啊！我现在看到挤压综合征了。打算在车上接着看。"说着，她从书包里掏出书，打开。

周围很嘈杂，可李小康却能一个人捧着书静静地坐着，安静的就像一杯微温的清茶。周应俊看了，心湖掀起了巨浪，脸红透了。

宁大这支志愿医疗队分成两组，一组由一个主任医师带着七名医护人员和医学生们在成都一家医院服务，另外一组由王一珵带队赶赴受灾严重的绵竹。

有一排小汽车停在了火车站前。有些车是全国各地来的志愿者们开来的。两组人就要在这里分开，王一珵径直走到李小康面前："李小康，你愿不愿跟我们去绵竹？"

李小康有些惊喜："好啊！"能去一线救助人，她很愿意。

周应俊想拦："小康，你——"他看了王一珵一眼，把要劝的话咽了下去，"你到那里注意安全！"

李小康点点头："谢谢你，周应俊。"她把手里拿着的那本救援手册递给他，"这本书我刚刚看完了，就借给你看吧！"

说完，李小康朝他笑了笑。

这是这些天来，周应俊第一次看见李小康笑。自从慕林白离开后，李小康一直都笑不出来，哪怕是敷衍地弯一下嘴唇，她都做不到。

可不知为何，周应俊看到浅笑着的李小康，突然想起了风萧萧兮易水寒的悲壮。目送着李小康钻进一辆小汽车里，然后他看着车子开走，最后不见了。

那一刻，周应俊握紧了书。他突然觉得，他想要抓住什么，可抓不住，只能眼睁睁地看着想要留的那些从指间一点点溜走。

他们要去的是绵竹的一个灾民安置点。盘山临水的路通了，但地震后山体土质疏松，不时地会有小石块、泥土夹杂着草木滑下来。盛夏，起先烈日似火，到了快黄昏，彤云密集，几个闪电和雷声后，下起了暴雨。

李小康坐在副驾驶上，就看着雨噼里啪啦打下来，不过眨眼的工夫，就下得很大，就跟一大盆水倒下来一样。雨刮器开到最大，可挡风玻璃上依然都是雨水，看不见前头的路。

她坐的这辆车在车队的最后。车上的人除了司机也就是她。后座上摆满了行李。司机黄超放缓了车速："这雨真大。"

李小康的手机响了起来。她一看屏幕，是来自徽城的电话号码。这段时间，经常有徽城地区莫名其妙的电话打过来。她心里难过，又忙，想着徽城那边也没有牵挂了，索性一个都没接。

这一带信号不好，没等她拒接，手机就没了信号。

黄超是个快四十岁的中年男子，一脸疲倦："小李，雷雨天别接手机了，不安全。等到了，再回吧！"

第十四章 意 外

　　李小康根本就没想去回陌生电话,就顺手把手机放在椅子上:"黄师傅,大概还有多久才到?"
　　黄超努力睁大眼睛:"雨天开不快。不知道得多久。"
　　李小康"嗯"了一声:"慢慢来吧!"
　　这样的雨天,慕林白在哪里,又在做什么呢?
　　只要手头上没事情做。她就会回想最后见到慕林白时他的样子。那样温热的午后,梧桐碧影,慕林白跟最初她见到时的那样,陪她静静地走了一段路。
　　他们有一搭没一搭地说着闲话,他跟往常差不多。
　　透过宽大的梧桐树叶的缝隙往上看,蓝的天,白的云,还有忽明忽暗的光……
　　哪怕是最后,他离开的时候,慕林白还是很好很好的,很温柔,很温暖。他还向她挥挥手,说再见。
　　会再见吗?
　　人海茫茫,他们是不是再也见不到了?
　　心里一阵酸楚,泪水在眼眶里打转,她强迫自己不去想,把车窗开下来。雨水夹裹着泥土的腥味直往她身上扑,不过一个恍惚,她的衣服瞬间半湿。
　　黄超扭过头:"快把窗子——"他的话被轰的一声巨响淹没。无数泥石往车上砸。黄超一个失神,方向盘没打稳,车子就不受控制地打着转儿往旁边滑。
　　幸好车速不太快,黄超果断开锁开车门,用尽力气大吼:"跳车!"他往外一扑,重重地摔到了地上。他回头一看,车子直接翻下了悬崖,过了几秒钟,就听到巨大的落水声。黄超顾不上身上的伤痛，艰难地往悬崖边爬了几步。

李小康！李小康还在车里！

这些天，慕林白不上班的时候，每天都用外头的公用电话去给李小康打好几个电话。可李小康总是不接。他终于领到新手机，下了班后，迫不及待就给李小康打电话。其他人的号码，他记不清了，但李小康的号码，他背得滚瓜烂熟。

可电话起先是没人接，到后来，就是他拨打的用户不在服务区。他没办法打通李小康寝室的座机。一到考试月，她们寝室怕吵，都会掐了座机的电话线！

慕林白忙上去看站内信，发现李小康还没有回复他！这多少天了，期末考试应该结束了啊！

平时他和李小康都不怎么玩人人网，也不喜欢加不熟的人做好友，在人人网没有共同好友。他想通过人，去找李小康也没做到。这几天他为了李小康甚至注册了邮箱，再用邮箱注册了开心网的账号，可惜搜来搜去没有搜到李小康的账号。他倒是找到了庾笃的号，去添加了庾笃做好友，可这些天庾笃也没回应。慕林白急得团团转。不行，他得去一趟南京。他记得小康说过，暑假打算在南京打工。

夜车坐过去全票也就是四十来块钱。他现在轮转到急诊科，挺忙的，好在他现在还没有考执业医师资格证，没有夜班，每隔六天还有一天休息。他下班后坐夜车去一趟南京找到小康，白天陪她一天，再坐夜车回来第二天早上到，然后直接去上班，时间应该够。他赶忙跟主任请假，背个书包，就往火

第十四章 意 外

车站走去。

新手机有两块电板，都充满了电。在去南京的路上，慕林白一直给李小康打电话，可他无论怎么拨打，甚至借了隔壁座位旅客的电话打，李小康的那头始终传来的声音都是您拨打的用户不在服务区。

慕林白很焦躁。

他一直以为李小康就会在那里。只要他忙好了，再去看，小康一直都会在。他从来没有想过，有一天李小康会突然从他的世界飞走，就像阳光下的肥皂泡被风吹得飞起来，然后就没有了。

现在的通信明明很发达了，一个人似乎很容易就能找到另外一个人。可为什么，他就是找不到他的小康呢！

慕林白看着自己给李小康的站内短信。他每天都和李小康说很多话。可是对方却毫无回应。

到了夜里十一点半，慕林白还没有打通电话，心里焦躁万分。这个点儿，李小康应该在宿舍里！绝对不可能不在服务区！

难道她拒绝他的来电啊？

到底发生什么事了！

明明他离开南京的时候，他跟李小康还很好啊！

踏着朝霞，慕林白风尘仆仆赶到宁大。清晨的校园十分静谧，梧桐树上时有鸟鸣。慕林白风风火火地跑到李小康的宿舍楼下。

宿管阿姨还没起。

慕林白在外头喊:"阿姨,阿姨!能麻烦开一下门吗?"

阿姨睡眼惺忪地爬起来,有些不高兴:"谁啊?"她打开门一看,发现面孔有些熟悉。

慕林白说:"阿姨,能麻烦你喊一下李小康吗?我打她手机打不通。她寝室电话也不通的。我担心她有事。哦,我确定她是留校的。"他报出了李小康的寝室号。

阿姨问:"你是?"

慕林白说:"我叫慕林白,是宁大医学院临床医学专业2008届毕业生。李小康是我女朋友。"学生证是没有回收的。慕林白赶忙从包里翻出来递过去。

阿姨仔细地看了看学生证:"身份证也出示一下?"

慕林白也递了过去。

宁大暑期有一半以上的学生选择留校。阿姨并没有留心李小康这个人。她确认了慕林白的身份后,这才不紧不慢地翻开登记本,找到李小康的信息,用宿管站的座机打了李小康的手机和她寝室的座机,都没有打通。这个时候,她的神色认真了些,"你是什么时候联系不上她的?"

慕林白说:"我打了她一个晚上的电话,都是不在服务区。"

学校里也有女生要分手,男生死缠着的事。可能是女孩子故意不去接电话。阿姨翻开另外一个本子:"我问问她舍友。"她找到秦思思的电话,然后拨打过去。这次,电话十几秒钟后接通了。

第十四章 意 外

电话里，秦思思问："喂？"

阿姨说："秦思思吧，我是宿管站阿姨。有个叫慕林白的要找你们寝室的李小康，他没打通李小康的电话，有些担心，你能联系上李小康吗？"

秦思思一听就火了："他还知道担心啊！"她压下了火，"阿姨，麻烦你转告他，小康现在很好很好，希望他不要再来打扰小康！"

果然是一个死缠烂打的男生。阿姨说："知道了。"她放下电话，"她舍友让你不要再来打扰她。"

慕林白脸色变了："不可能！阿姨，你是不是听错了。"

阿姨说："你回去吧！"说完，她就把本子收起来了，然后把门关上。

慕林白再去敲门，再去喊，就没人搭理了。他只好坐到宿管楼前的阶梯上，掏出手机编发短信。电话没接，短信应该会看吧！他一条条地发，总有一条，小康会看到。

雨下了半宿，到了下半夜渐渐变小，天气才达到救援的条件。到早上七点多，车子终于被打捞出水。

黄超受伤不重，在被简单包扎后坚持留在原地。王一珵让其他医务人员先赶去灾民安置点，和三位医护人员留下，熬了一夜。周应俊收到消息后也赶到了。

在场的人心情都很沉重。周应俊眼圈一直红着，看到小汽车被一点点吊出水，再也忍不住，大哭出声。距离李小康落水的时间太久了，即便打捞上来，也是没救的。

昨天，就在昨天，小康还跟他笑着挥手说再见。这才过去多久啊。

王一珵有些自责。车子被拖到路上，他大步跑过去，周应俊紧随其后，就听到救援人员大声喊："车子里没有人！"

周应俊红着眼抬起头："也许小康还活着！"

这一带都搜寻过了，没有发现李小康！这时候没有消息就是最好的消息！

王一珵没有那么乐观："但愿吧！"他顿了顿，"通知小康家里了吗？"

周应俊说："我跟辅导员说了。他打过小康入学登记时他爸爸的电话，是空号，留的座机号码也是空号。"

救援人员把车里的东西一样样拿出来。这时，其中一个人拿过来车里找到的手机给周应俊辨认："这个是她的手机吧？"

周应俊说："是的。"李小康手机浸水时间太长，很可能坏了。他掏出自己的手机扣下SIM卡，"要是SIM卡没坏，应该能找到她家里人。"他用酒精擦干净了李小康的SIM卡，然后将卡插到自己的手机里。

然后周应俊的手机的短信提示音不断地响起，短信铺天盖地。周应俊一看，有99个未接来电，全是一个号码。而那些短信也都是那个号码发来的。

短信里，对方的语气越来越焦急。

"小康，我找到工作了，在徽城人民医院。"

"小康，这是我给你准备的惊喜。你说你要回家工作，那

第十四章 意 外

我就在你家等你。"

"小康,不用担心。我家里拗不过我。结婚是我的事。"

"小康,我跟我哥哥说了,大不了我不回去了。我一定会跟你在一起。"

"小康,我什么都不要了,我就想和你结婚,想跟你过完这一生一世。"

"小康,是不是我家里去威胁你了!"

"小康,一定是。我哥哥说会去找你麻烦,我告诉他,我什么都不要了,我就是想和你在一起。"

"小康,有什么事不要自己扛!有我呢!我们说好,风雨同舟的!"

"小康,我来徽城路上,手机丢了,QQ异地登录给锁了,我给你发了很多站内信你看到了吗?"

"小康,你是不是在复习没上网啊?"

"小康,我家里冻结了我的银行卡,没钱买新的,只能等医院发。"

"小康,上班太忙了,下班后我用公用电话打了很多电话给你。"

"小康,我租了房子,就在医院附近。"

"小康,这个是我的新号码!"

"小康,我现在在你宿舍楼下。"

"小康,我给你打了很多电话,你怎么不接?"

"小康,你怎么不理我?"

"小康,你一定不会不理我的吧!"

"小康，你怎么了？"

"小康，你别吓我！"

"小康，你到底怎么了？"

"小康，你一定是在忙吧！"

"小康，没事的。你忙就先去忙。记得回我个信息吧！"

"小康，我今天休息，我就在楼下等你好了。"

"小康，我晚上夜车回徽城。"

"小康，我这个手机24小时开机。"

"小康，我等你。"

"小康，我一辈子等你！"

……

短信还在不断地发过来。周应俊看得掉了眼泪。看内容就知道，这是慕林白发的。原来大家都误会了。慕林白其实一直都在为能和李小康在一起去努力。

可是，现在……

慕林白也许再也等不到李小康了！

联系上庾笃，慕林白问他借了钱买票，坐上去成都的火车。火车晃荡晃荡的，他只觉得浑浑噩噩的，整个人似乎在云里梦中，感觉所有的一切都不真实。

这不是真的。

这一定不是真的。

他希望这不是真的。

他靠在椅子上，看着一团黑的窗外，就是睡不着。明明已

第十四章 意 外

经深夜,车厢里的人大半都睡着了。他还是醒着,心里很是煎熬,似有万箭穿心。他多么想睡一觉,然后一觉醒来,他的世界还是原来的样子。

李小康还好好的。

他和李小康都好好的。

他以为他们会一生一世的,从没有想过李小康会这样消失了!

他想起了很久以前,他和小康第一次一起坐夜车去徽城。那天火车上也有很多人,而他却觉得一切都很好。他的小康睡着了,静静地靠在他的肩膀上,呼吸均匀……

南京和徽城,来来回回,他们坐过那么多趟车,一张张红色的车票摆在一起,可以贴满一面墙。

明明他那么努力了,眼看着未来会越来越好了!

差一点,就差一点点,他们就可以幸福了!

过了良久,旁边一个长得很像小康的小女孩揉了揉眼睛,嘟囔着:"哥哥,你为什么哭了?"

DI SHI WU ZHANG

CHONG FENG

第十五章 重逢

第十五章 重 逢

2015 年，徽城。

立秋后，徽城还是烈日炎炎。下午六点多，古城的观月楼二楼的雅间里，慕林青临窗坐着。

窗子大开，飞檐之上的天空中，晚霞似绸缎，散着金红色的光。

慕林青巡回地给面前两个茶杯斟茶，杯子里茶水都是七分满。时间慢慢过去，茶杯里的水一点点凉。他看看表，已经过了约好的时间一个多小时了。

这时，门推开了。

慕林青抬起头，就看见慕林白走了进来。慕林白的额头上还有汗："哥，遇到一个新生儿窒息，刚刚抢救过来，下班晚了。"

慕林青递了茶杯过去："阿白，坐下来歇会儿，喝口茶。"

慕林白双手接过，一口气喝干："我一个下午都没喝水。"

雅间门口站着的服务员走进来，给慕林白倒上店里准备的凉茶，将茶壶放在了桌上，客气地问慕林青："先生，可以启菜了吗?"

慕林青说:"可以。"他看着慕林白,有些日子没见了,慕林白又瘦了,"给你点了你喜欢的几个菜。"

慕林白又很快喝完了一杯茶,自己倒了一杯接着喝:"哥,有什么事不能在电话里说?我等下还要去加班。今天下午来了九个住院的,我都没顾上写病程,等下得过去加班。"

慕林青顿了顿,恳切地说:"阿白,回家吧!"

慕林白装着没听懂:"哥,我端午回去了一趟啊。家里挺好的!现在有高铁,方便。我有时间都会回去看看。"

慕林青说:"阿白,你明白我的意思。跟我回家吧!你想当医生,家里都支持。家里希望你能回家,找个人结婚。要是你真坚持留在这里工作也可以。成个家吧!定下来。九年了,可以了!"

慕林白摇摇头:"哥,我不想结婚。"

菜很快就上齐了,在冰冷的空调间里冒着热气。慕林青叹口气:"都九年了,你还忘不了小康吗?"

"一辈子忘不了,也不想忘。"

慕林青劝着说:"你总得结婚吧!"

慕林白抬眼,认真地看着慕林青,认真地笑了笑:"哥,你别劝了。小康只是失踪没有被宣告死亡,到目前没有找到她。说不定,她就在四川什么地方呢!我说过,我要等她的。她一天不回来,我等她一天;她一年不回来,我等她一年;她一生不回来,我等她一生。这一辈子,我只会和她结婚!"

慕林青说:"先吃菜吧!"

第十五章 重逢

每次他提到这个问题，慕林白都是这样的答案。起先慕林青他们都没当回事，以为慕林白不过是年纪太轻，将来经历多了，遇到其他好的女孩子，会放下的。谁知道慕林白竟然是认真的。一年年等下来，如今已经九年了。

慕林白拿起筷子，又放下来："哥，还有件事。今早我看到九寨沟地震，上午就去院长那里申请去那的医疗志愿服务，院长已经同意了。我明天把手头上的病人交接一下，就去报到。我已经订好了机票，先飞合肥，再去成都。之后去哪里服务，看那边的安排。"

弟弟很执拗，打定的主意不会改变。慕林青说："注意安全，保重身体。"他掏出一张银行卡递了过去，"在外面不要省钱。里面有十万元，随便花，不够跟家里说。"

慕林白笑笑："哥，我现在不缺钱了。"

慕林青的手僵在了半空，然后慢慢地收了回去。

家里其实也是后悔的。

如果他们当初没有断了慕林白的生活费，李小康就不会误会慕林白，也许就不会去四川了。

当然也只是也许而已。但就是这样的也许，才让他们内疚。

早知道就不拦了。

可惜，没有早知道。

慕林白推着自行车，慢慢地走在桥上。

余晖洒在江水上，泛着点点光。远一点的地方是连绵的青山,再远一点的地方是轻薄的流云。

这一条路,他曾经和小康走了很多遍。现在只剩下他一个人在走。

他一直在等。

可他的小康什么时候回来呢?

夜里九点多,慕林白终于忙完了,站起来活动了一下,再去看手机。手机上有两个未接来电,是庾笃打来的。他回了电话,很快接通了,没等他开口说话,庾笃在电话那头沙哑着嗓子说:"夭夭结婚了!"

每隔一阵子,陶夭夭这个名字就会在庾笃口里听到。无非是陶夭夭笨手笨脚的,总给庾笃惹麻烦需要他去善后了。

这么多年,庾笃女朋友换了不知道多少,可陶夭夭这个"妹妹"却始终都在。庾笃在镇江工作,她也在那工作;后来庾笃来了南京,她也来了南京一家私立学校。

每回听到庾笃用嫌弃的口吻说起陶夭夭,慕林白都会劝他对她好些。可惜庾笃一直当局者迷。

慕林白说:"什么时候的事?"

庾笃说:"今天领的结婚证,晚上七点夭夭在朋友圈晒出来的。两张图,一张是两个叠在一起的结婚证,一张是两个人的合影。"刷朋友圈看到这条时,庾笃以为又是陶夭夭修的图,只设置了他可见,来给他开开玩笑。可等他点了赞,再准备去留言时,有不少信息提醒。他再一刷新,发现他们的共同朋友都在恭喜!

第十五章 重 逢

这次她是真结婚了。

看到照片上靠在一起微笑着的两个人,庾笃非常生气又非常难过!他总觉得是自己的宝贝被人抢走了!从小到大,陶夭夭就跟在他身后。他虽然嘴上挤兑夭夭这个小尾巴,可早就习惯了她的存在,一边数落着她,一边乐颠颠去给她解决各种各样的麻烦。

庾笃以为一直会这样过下去。可今天,陶夭夭突然就结婚了!

他打电话过去,陶夭夭破天荒没有接。他发微信给她,那个人是谁,你怎么突然就结婚了。陶夭夭没有很快回。第一次庾笃捧着手机,什么事情都不干,就死死地盯着他和陶夭夭的对话框。过了半个多小时,那个对话框上,才出现对方正在输入。

等了很久,陶夭夭才回复:"他是我相亲认识的,条件很合适。以前麻烦你了,谢谢!然后,你保重,以后不打扰了!"

庾笃再发信息,发现自己已经被陶夭夭删除了好友。他再去打电话,电话打不通了。陶夭夭单方面切断了和他的所有联系方式!

那一刻,庾笃瘫坐在椅子上,痛得撕心裂肺。

他终于明白了自己的心意,可是,晚了!

慕林白叹口气:"鱼肚皮,有空我去南京找你喝酒吧!"

庾笃喃喃地说:"两天前,夭夭跟我一起吃饭。她说她二十九了,想找个人结婚。家里催得实在太厉害了。她还问我,这么多年了我为什么不结婚,家里不是也在疯狂地催吗?她似乎是在开玩笑,跟我说,庚哥哥,要是抗不过压力,就跟她凑合凑合算了。当时我说我跟谁结婚,都不会跟她结!还数落她,瞧她那个样子,那么丑!其实,夭夭一点都不丑,她挺好看的,真的!我其实挺喜欢她麻烦我的,早就习惯去照顾她了,可她现在不要我照顾了!"

他说着说着,鼻子一酸。

庚笃后悔了。他绕了很多弯路,然后不小心把自己最爱最爱自己的夭夭弄丢了。明明夭夭应该是他的,明明他有那么多的机会!

可是,现在,他和夭夭,然后就再也没有然后了。

慕林白被安排在九寨沟那边的医院,与当地的医护人员一起负责照顾受伤的孩子们。忙碌了一段时间,孩子们都得到很好的救治,他的志愿服务也就结束了。

那天飞机机械故障不能起飞,慕林白便在成都多逗留了一天。成都是一个慢节奏充满了诗情的城市,秋日风景更是秀美。

他一个人坐着地铁,坐着公交,慢悠悠地在这个城市晃来晃去。他的身边有很多人走来走去,可都不是他的小康。

到了晚上,他晃到了宽窄巷附近。路边有老爷爷卖着老冰棒。慕林白买了一根。他慢慢地舔着,冰棒的凉意透着白糖的甜丝丝。等到冰棒有些化了,他用力一吸,将甜味全部吸了出来,这一口特别好吃。然后,他再去吃剩下的,只觉得每一口吃在嘴里都是无味的冰渣子。但他没有丢掉,而是一点点舔

第十五章 重逢

着,晃悠悠地走到了宽窄巷子里。

那儿人更多。

慕林白随意地走了一圈后,就在巷子口的土特产店外的椅子上坐了下来。不远处放着广场舞欢快的音乐,很多大妈列队在跳着广场舞。

他看了一会儿,闭目养了一会儿神,然后再睁开眼,在人群里发现一个身影!一个熟悉得不能再熟悉的身影!一个让他魂牵梦萦了很多年的身影!

小康,一定是她!

慕林白从椅子上跳起来,赶紧追过去。

人真多啊,比肩继踵。慕林白挤了很久,才靠近了。他一把扯住那人的手:"小康!"

那个人停下脚步,转过脸,很陌生地问:"你是?"

慕林白没有松开手,很激动地说:"小康,是你嘛?我是慕林白啊!你不记得我了?我是慕林白啊!"

那人推开了慕林白的手:"对不起,你认错人了。"

慕林白很肯定地说:"不会的,我不会认错的。你一定是小康。"

那人尴尬地说:"你真认错了!"然后她快步离开。

慕林白看着她钻进人群里,然后很快就再也看不到了,心里失落落的。

他觉得他真的没有认错。

可是小康为什么不认他了呢?

慕林白抬头,看到茶马小铺子上挂着的红灯笼在清凉的秋风里似乎微微动了动,把温柔的夜色照得有一小块地方明亮。

他突然想起了很久以前,他在给小康的书签里写着几句话:

"我站在流光里,等你回来,
就像等着繁花盛开在永昼。
我牵着你的手,
牢牢地,
想与你从拂晓走入暮色茫茫,
想与你从春风走进白雪皑皑,
留一生的温柔。"

今生今世,他都会站在流光里,等小康回来。
也许小康很快就能回来。
也许小康不会很快回来。
不要紧,反正,他会一直等下去。

(全文完)